中國近代文學故事

【上冊】

中國近代文學故事（上）

目次

開一代新風的龔自珍

龔自珍（一七九二—一八四一年）是我國近代傑出的思想家和文學家，是近代文學史上首開風氣的人物。

龔自珍，字爾玉，又字璱人；更名易簡，字伯定；又更名鞏祚，號定庵，又號羽琌山民。浙江仁和（今杭州市）人，出身於官僚地主家庭。家中世代為官且治文，繼祖、先祖、外祖、父、母、胞妹等，均有著作。外祖父段玉裁，是清代最傑出的語言文字學家之一。開創了一代新風的龔自珍，幼年受到了良好的家教。尤其是他母親段馴，是著名文字學家段玉裁的女兒，大家閨秀，識文斷字，非常重視對兒子進行啟蒙教育。比如當她發現兒子的保姆金媽教自珍吹笛子時，便非常生氣，認為這對兒子的教育不利，作為仕宦之家的後代，應該接受最正統的啟蒙教育和科舉教育，於是趕走了金媽，決定親自教育兒子，每天都要教幾個時辰。

她像一個嚴格而又細心的家庭教師那樣，為教與學的雙方都擬定了計劃。開始時，她教兒子背詩認字，後來還發揮自己的家學優勢，講了日月水火天地之類常用字的原始來歷，尤其是象形字的講解，引起了幼年自珍極大的興趣。同時，她還常為兒子講授《三字經》裡的典故，用生動的故事，如「蘇武牧羊」、「鐵杵磨針」、「夸父逐日」、「精衛填海」等，來講一些關於怎樣做人、怎樣學習的道理。當兒子的理解力有明顯增長時，段馴便開始用生動形象的語言去講解詩詞格律，引導兒子去注意詩詞的韻腳和屬對以及修辭手法等，漸漸使兒子體會到「詩詞」的奧祕，吸引他去接觸更多的詩詞。為了擴大幼年自珍的閱讀範圍，段馴從蘇州娘家帶來的一些詩集中選取了一些詩歌讓兒子熟讀。其中有顧炎武、吳偉業、屈大均等人的詩。特別是吳偉業的詩，深為自珍所喜愛。有時吃飯時，他手裡還拿著吳偉業的詩集，有空就讀上幾句。

飽含母愛而又循循善誘的啟蒙教育，使幼年自珍相當輕鬆地學到了許多知識。尤其是有關詩歌的家教，成為他後來向詩歌發展並多有創作的重要基礎。當然，段馴更想把兒子引向那個時代讀書人的「大路」——讀書做官之路上去。除了自己對兒子講其爺爺如何考上進士、父親如何考上進士、你將來也能考上進士之類的話之外，她還託人請了嚴州府建德縣秀才宋璠為家塾先生，專門教自珍讀那些科舉能派上用場的書，如《四書》、《五經》之類，自珍也能學得進去。其父龔麗正偶或從京城返回杭州家中，當然少不了檢查一下兒子的學業，無論滿意與否，也都少不了這樣一通庭訓：「龔家乃書香門第，仕宦之家。汝當抓緊讀書，安心學業，考取了功名，方不辱門楣！」年少的自珍望著來自京城的大官模樣的父親，只有唯唯而已。

龔自珍早年從外祖父學文字學，從小受到良好教育，在詩歌、散文、經學、小學、金石文字、天文、地理，以至釋道典籍、科學掌故等方面，廣泛涉獵。十三歲時，著文《知覺辨》，「是文集之託始」。

自珍年少時的家教是比較成功的，即使他在科舉路上一直走到了進士及第，也未戕害其天性和個性，使他仍能有活潑的思想、豐富的感情，寫出了許多風格靈動、意深味美的詩文。

二十一歲，外祖父段玉裁為其詞集作序，讚其「治經史之作，風發雲逝，有不可一世之概」。二十三歲，作〈明良論〉四篇。段玉裁說：「吾且耄，猶見此才而死，吾不恨矣！」龔自珍青年時期就有經世之志。二十五歲前寫下的〈明良論〉、〈乙丙之際著議〉、〈尊隱〉、〈平均篇〉等文，鋒芒畢露，直刺黑暗腐朽的封建王朝。二十七歲，中舉人，詩文受盛評。二十八歲時，和魏源一道在北京從今文經學家劉逢祿學《公羊學》，以微言大義抒發對時政的看法，因此更堅定了他經世致用、改革社會的信念。二十九歲，任內閣中書，作〈東南罷番舶議〉、〈西域置行省議〉，指出當時社會已存在嚴重危機：「各省大局，岌岌乎皆不可支明，奚暇問年歲？」他一直存在著這種危機感，到鴉片戰爭爆發，「英夷」果然叩關而入。由於龔自珍言行不合於統治階級的要求，他在功名仕宦的道路上頗不得意。二十八歲到三十八歲十年間，經過六次會試才考中進士。考中進士，廷試對策，大致祖法王安石的〈上仁宗皇帝書〉。到朝考時，在〈安邊綏遠疏〉中，陳述南路北路利弊，及安撫策略，洋洋灑灑，直陳無隱。龔自珍只做過內閣中書、禮部主事等小京官。十餘年冷署閒曹，志業難伸，俸祿微薄，口腹難繼。但他並沒有隨俗浮沉，苟且偷安，而是著眼於「天地東西南北」之學，致力於朝章國故和邊疆史地的研究。他這時所寫的詩文，議論透闢，謀慮深遠，切中時弊。由於他在禁煙運動中支持了以林則徐為首的禁煙派，遭到了官僚大地主頑固派的排斥，四十八歲便辭官南歸。這一年，他寫下了帶有自傳性質的《己亥雜詩》三百一十五首。兩年後，客死於丹陽書院。

龔自珍是我國近代文學史上開一代詩風的傑出詩人。他繼承了我國積極浪漫主義的優良傳統，「繼往開來，自成一家」。現存詩分編年詩和《己亥雜詩》兩大部分，編年詩共二百九十首，形式多樣，以絕句體和歌行體最多；《已亥雜詩》基本上是七言絕句，共三百一十五首。

道光十九年農曆四月二十三日，龔自珍輕裝簡從，隻身出都南歸。七月初九到達杭州。這次南北旅程上下八九個月，途經河北、山東、江蘇、浙江四省。《已亥雜詩》就是在這期間陸續寫成的。

在這三百多首詩裡，思想內容比較廣泛，涉及政治、經濟、軍事、文化等各個方面，它不僅記錄了詩人的家世、社會交往和坎坷的政治生涯，表現了作者思想的形成過程，有些作品還突出地接觸到當時圍繞著禁煙問題所展開的抵抗與妥協的尖銳的政治鬥爭，抒發了對清王朝腐敗黑暗的憤懣和維護主權、反對外來侵略、反對屈膝投降的愛國主義思想情懷。對於這些作品，完全可以當做時代的史詩來讀。

《已亥雜詩》揭露社會弊病，抨擊官僚制度，表現了作者火一樣的熱情，給人以鼓舞和激發。它們對那個死氣沉沉的社會猛然一擊，驚醒許多世人的沉夢，促使人們向真、向善、向美、向勇，使這些詩篇具有不朽的歷史價值和審美價值。

龔自珍的許多著名詩篇，集中抨擊科舉制度和論資排輩的官僚制度，呼籲要任人唯賢，改變後繼乏人的局面，以挽救封建社會的頹勢。所以，詩人強烈呼喚：

九州生氣恃風雷，萬馬齊喑究可哀。
我勸天公重抖擻，不拘一格降人材。

這是《己亥雜詩》中最著名的詩篇。在詩人眼裡，當時的中國就像有千萬匹馬叫不出聲音來，到處死氣沉沉，令人窒息。要改變這樣的局面，使中國變得有生氣，只有依靠疾風迅雷般的社會大變動。這裡有憤怒的譴責，也有殷切的期待，詩人希望風雷激盪，摧枯拉朽，重開新貌。

清代後期，經濟上處於崩潰的地步。特別是以英國為首的資本主義勢力侵入中國以後，白銀像潮水般流向國外，更加速了封建經濟全面崩潰的趨勢，龔自珍面對這種情況，憂心忡忡。封建政權越是行將滅亡之時，封建統治階級對土地的掠奪也越瘋狂，致使階級分化和對立現象日益嚴重。這種情況在鴉片戰爭前的中國社會裡，表現尤為突出。這種階級的急劇分化和對立，在《己亥雜詩》中有深刻的反映。

《己亥雜詩》從總的傾向看，不僅有強烈的現實感，而且想像豐富，形象生動，是現實主義與浪漫主義的有機結合，而從每一首詩來看，又是華彩紛披，各有特色。有的作品，汪洋恣肆，浮想聯翩，充滿浪漫主義色彩。如「九州生氣恃風雷」一句，借助「風雷」這個氣候的自然特徵，用慷慨沉雄而又迂迴曲折的詩筆，把對社會的批判與美好的追求熔鑄在一起，使人感受到磅礴的氣勢，蕩氣迴腸。有的則用白描手法，沒有任何的誇張與曲筆，直接敷陳，而又顯得鬱怒橫溢，使人神動於中而情滿於懷，如「故人橫海拜將軍」。有的巧設譬喻，在哀豔中寄以雄奇。有的別具一格，藉景抒情，寄情於景。有的清峻深刻，有的情思神飛。總之，《己亥雜詩》的藝術風格多采多姿，猶如一座百花園，枝妍色豔，競吐芬芳。另外，鮮明的形象感，生動的畫面，清麗的詞采，也是《己亥雜詩》的重要特色。在晚清的文壇上，龔自珍的散文與他的詩歌一樣馳名。龔自珍大量的散文在不同程度上帶有濃厚的時代色彩和研究經史的氣息。其中那些文學色彩較明顯的散文，包括政論、雜文、書信、序跋、寓言、碑傳、記敘文等，和他的經史研究的關係尤其密切。他揭露衰世現實的一個重要的內容是解剖封建專制統治的弊病，而這在當時沒有言論自由的情況下，往往不能直說，因此他常使用曲筆，利用「史事之為鑑」，藉評論古代帝王來寄託諷諭之意。龔自珍散文語言風格多樣，主導風格尖刻而含蓄。他善於運用尖刻而含蓄的語言表達滿腹牢騷、一腔怨憤，在嬉笑怒罵中收到出奇制勝的藝術效果。龔自珍的散文在「學凋文敝，索索無生氣」的嘉道文壇上，不受桐城派的所謂「義理」、「考證」的束縛，而以其深刻的思想內容和獨特的藝術風格放射出耀眼的光輝。

〈病梅館記〉是龔自珍的一篇膾炙人口的美文。這是一篇藉寓意手法來藉題發揮的政治性散文。

病梅是由於束縛和摧殘造成的，因此療梅就必須「毀盆」和「解縛」。這種奇特的想像寄寓著易於明曉的道理：人才的受壓是由於專制統治，因此解放人才就必須首先衝破專制統治。文章在「病」字上下工夫，對於病梅的研究、同情與療梅的決心和行動，就反映了衝破專制統治、追求個性解放的熱切期望。這種託物喻人、以梅議政的新穎的立意和深邃的思想，使〈病梅館記〉成為一篇感染力強的膾炙人口的雜文。

〈病梅館記〉全文不足三百字，但奇悍犀利，筆法深曲，把作者積聚在心中的憤慨、憂思、願望鮮明地表露出來了。當人的價值和尊嚴受到褻瀆和摧殘時，作者清醒地覺察到這方面的問題，並大聲疾呼，從而使這篇短文具有較高的美學價值和積極意義。作者把縝密的思考和深刻的感受濃縮到簡練的地步，而又說理從容透闢，形象鮮明生動，讀之令人久久難忘。

龔自珍的詩文，在藝術上達到了較高的成就。他善於運用典型形象來表現重大的社會內容。尋常風物到了他的筆下，都被賦予了特定的政治含義。他又是一個「樂亦過人，哀亦過人」的浪漫主義詩人。他寫過一些現實主義的詩篇，但就其創作的總傾向看，則是積極浪漫主義的。他揭露黑暗，反抗現實，渴望變革，追求理想，對未來寄以極大的熱情和希望。他的詩文，往往以豐富的想像，誇張的藝術手法，構成生動有力的形象，氣勢飛動，想像奇特，給人以不尋常的藝術感受。他的詩文充滿了戰鬥的激情，滲透著叛逆和反抗的精神，完整地表現了詩人的人格和真性情。這是近代中國所吹響的一支浪漫主義的前奏曲。

慷慨高歌三元里抗英

一八四一年五月二七日，清朝逆靖將軍奕山在與攻打廣州的英侵略軍的交戰中，兵敗投降，被迫訂立喪權辱國的〈廣州和約〉，中英鴉片戰爭第二階段結束。

五月二九日，盤踞廣州北砲臺的英軍闖入三元里肆虐，當地人民奮起反擊，英軍倉皇逃走。為防英軍報復，當地民眾在三元里古廟中集會，決定以廟中三星旗為「令旗」，自發抗擊英軍。自此，一場自發的保衛家鄉、抗擊侵略軍的人民戰爭從此揭開。五月三〇—三一日，以三元里為中心的一百零三鄉的勞動人民，集結了約二萬五千人，「刀斧犁鋤，在手即成軍器；兒童婦女，喊聲亦助兵威」（林福祥〈平海心籌〉），懷著高度的愛國熱誠，以近乎原始的方式，和英國侵略者進行了殊死的鬥爭，並取得了輝煌的勝利。六月初，英軍撤出虎門。這場抗擊侵略者的鬥爭，以三元里人民的大獲全勝而告終。在這場反侵略的正義鬥爭中，除了三元里周圍的父老鄉親，還有廣州城郊的紡織工人、打石工人，一些具有愛國思想的紳士和知識分子也加入了打擊英軍的行列。事後，參加或未參加抗擊鬥爭的知識分子，又拿起自己的詩筆，將這一史無前例的英勇事蹟記載了下來，頌揚這些普通民眾保家衛國、抵禦外侮的愛國情操和獻身精神。

在歌頌三元里抗英勝利的眾多詩歌中，何玉成的紀實詩比較突出。何玉成，廣州北郊三元里附近之蕭岡村人。曾任當地團練——懷清社學的首腦。道光二十四年（一八四四年）以「會試大挑一等」，授四川射洪縣知縣，被稱為「愛民民愛」的「循吏」。後落職回廣州閒居，築「攬翠山房」，並作有《攬翠山房詩鈔》。何玉成素有愛國惠民之懷，對清朝官僚的賣國嘴臉、英侵略軍的暴行早有不滿。三元里抗英的前夕，他便寫下四首五言律詩〈辛丑首夏書事〉，質問統治者「誰失虎門險」？批評清政府「將士盡拋戈」的「和戎今妙策」。五月三〇日三元里民眾自發抗擊英軍時，他被推舉為愛國鄉勇的首領，攻打英軍，表現突出。三元里抗英勝利後，他被當時的兩廣總督祁𡎴稱讚為「打仗出力」、「力團辛勤」、「督率鄉民，奮不顧身」，被授「六品軍功」之銜。同時，他用詩歌詳細追記了當時的戰況：

少壯爭禦侮，老弱同齎糧。
天心助我民，一雨紛淋浪。
奪我刀與牌，殲彼犬與羊。
夷眾下海去，群怒猶未降！

詩中詳細敘述了民眾抗英獲勝的過程。

何玉成還在詩中高度讚揚了民眾同仇敵愾、自發抗暴的愛國情操和勇敢精神。這些詩歌，來自於民眾的真實鬥爭生活，來自於作者的親身經歷，故而富有真情實感，樸實動人。

在所有關注三元里抗英鬥爭的詩人中，最著名的是號稱「粵東三子」的張維屏。張維屏（一七八〇—一八五九年），字子樹，一字南山，號松心子，又號珠海老漁，廣東番禺人。嘉慶九年（一八〇四年）舉人，道光二年（一八二二年）進士，曾官居湖北長陽、黃梅、廣濟及江西太和縣知縣，袁州府同知、吉州府通判，後官至南康府知府。早年與黃培芳、譚敬昭稱「粵東三子」。至京師，翁方綱嘆為詩壇大敵。晚年為廣州學海堂學長。張維屏早年作詩受宋詩派影響，內容多為抒寫個人經歷、酬贈及山水詩。鴉片戰爭後，其反映三元里人民抗擊英軍的七古長篇〈三元里〉，悲憤激昂，氣壯詞雄，充滿愛國精神，傳誦一時，聞名海內，為他在中國近代反帝愛國詩潮中贏得了崇高的地位。

這首三十二句、二百二十四字的七言古詩〈三元里〉，以形象生動的筆觸，歌頌了三元里英雄兒女的壯烈行為：

三元里前聲若雷，千眾萬眾同時來。
因義生憤憤生勇，鄉民合力強徒摧。
……
婦女齊心亦健兒，犁鋤在手皆兵器。
……
一戈已踏長狄喉，十日猶懸郅支首。
……
不解何由巨網開，枯魚竟得攸然逝。
魏絳和戎且解憂，風人慷慨賦同仇。
如何全盛金甌日，卻賴金繒歲幣謀！

這首詩以精練而概括的詩句，勾畫了三元里人民全民皆兵、同仇敵愾、自發保衛家鄉的愛國情操和英雄豪氣，嘲諷了英軍束手就擒的狼狽和清官僚投降賣國、放虎歸山的無恥行徑。全詩感情激烈，語言精警，用典貼切，典雅多諷，音韻鏗鏘。在同類題材的詩中，是寫得最為精練典雅、最具抒情性和形象化的一首，從而廣泛流傳，使三元里抗英義舉在中國近代愛國主義詩潮中成為一道光彩奪目的風景。

金門島上的愛國詩人

鴉片戰爭時期，有一位親身參加過這次戰爭的詩人，他就是世代生活在金門島上的林樹梅。

道光二十年（一八四〇年）六月五日，一艘英帝國主義的軍艦，偷襲廈門，連放槍砲，殺傷了當地許多軍民，守衛海疆的駐軍立即還擊，擊斃了一個侵略軍頭目。侵略者見勢不妙，倉皇逃竄而去。林樹梅親自參加了這次戰鬥。事後，閩浙總督鄧廷楨從邵武寫信，召他去見。林樹梅到邵武後，同總督詳細地探討了廈門一帶的海防問題，並受鄧廷楨之命，寫出了〈備金門防臺澎固內外書〉，具體談到如何招募鄉勇，加強訓練，抵禦外侮。鄧廷楨看後，十分稱讚，並令他親自擔任這一任務，負責招募鄉勇。回金門島後，他立即行動，很快就招募到身強力壯，熱愛國家民族的青年一千多人。經過一段訓練，就分頭把守島上重要隘口；鄉勇們也群情激憤，奮勇當先，同仇敵愾，誓死保衛全島，從而在金門島上出現了一支英勇善戰的鐵鄉勇。一年後的道光二十一年（一八四一年）五月十四日，一件意想不到的事情發生了，這就是廈門的「當事者」，以侵略軍都南去廣州為藉口，要解散鄉勇。他竭力勸阻，說明「夷性反復」，侵略者本性難改，必須時刻提防，鞏固海防。沒料「當事者」一點不聽，把這支訓練有素而且英勇善戰的鄉勇，全部遣散回家。林樹梅激情難卻、義憤填膺，立即揮筆寫下了一首〈散遣鄉勇〉的詩。詩題下的小敘對這首詩的寫作作了如下說明：「辛丑年，防夷廈門，當事屬樹梅團練鄉勇千人，未用也。旋以廣東議撫，遽令散遣，詩以志慨。」詩是這樣寫的：

椎牛饗壯士，義氣干雲霄。
千人共一膽，步武無喧囂。
方期衛桑梓，同度烽煙稍。
鉛刀惜未試，翻遣歸漁樵。
廈金唇齒地，未免愁虛枵。

杞憂仗誰解？濁酒聊自澆。
歌罷仰天嘯，慷慨思驃姚！

前四句歌頌這支軍隊的同仇敵愾，氣壯山河，時刻準備給敢於來犯者以狠狠的打擊；接著的四句表現自己對「當事者」的無端遣散鄉勇的無能為力；最後的悲歌長嘯，既抒發了自己對投降派的憤懣，也透露出一位愛國志士的希望：有像漢代驃騎將軍霍去病那樣的人物出現。在抗敵將領林則徐、鄧廷楨被撤職查辦的情況下，他雖然憂心忡忡，卻無法消解自己的憂愁。同年七月九日，英帝國主義集結艦船三十四艘，進犯廈門，「當事者」「愕然」，他卻直奔高崎，「急募鄉勇」，準備抵抗，可是「當事者」竟棄廈而逃。到十五日，侵略者再次侵犯金門島時，「詢知有備，遁去」。真是「沿海風鶴皆驚，金門獨安堵」，完全是因為他所訓練的鄉勇時刻提防著，英軍才不敢妄動。

道光二十一年（一八四一年）七月十日，廈門失守，林樹梅有〈廈門書事〉詩：

經年籌備扼重關，孤注如何一擲間？
但見鯨鯢來鼓浪，誰移熊虎守輪山？

死生頃刻人爭渡，烽火家鄉我未遠。
但憶倚閭愁正切，可憐無計慰慈顏。

詩作進一步揭露了「當事者」遣散鄉勇、致使門戶失守的事實。也就在這天的半夜，當那些「當事者」紛紛逃竄時，林樹梅卻星夜趕赴高崎，帶鄉勇去廈門抗擊英軍。儘管這時廈門陷落，但仍有許多將領同帝國主義侵略者血戰到底。廈門領兵宮延平，副將凌志，水師游擊張然，汀州守備衛世俊，水師把總紀國慶、楊肇基、李啟明等，都在戰鬥中壯烈犧牲；翼長江繼芸、游擊洪炳，也投海殉國。林樹梅抱著對英雄的崇敬，寫下了〈吊禦夷死事諸公〉詩：

戰守紛紛議不同，一時捍禦獨諸公。
即看壯氣能吞敵，始信捐軀是盡忠。
大將漫言屍裹革，後軍先作鳥驚弓。
千秋自有平心論，為誦〈招魂〉吊鬼雄。

詩中體現了高昂的愛國主義精神。親身參加抗擊英帝國主義侵略者、衛國保家的林樹梅在這首詩中，一方面歌頌了眾英雄的「氣能吞敵」，為國「盡忠」「捐軀」；一方面又痛斥了「當事者」有如「鳥驚弓」。細讀這首詩，我們更覺得作者所顯示出的深層意思，是對清廷賣國求降，更換抵抗派諸將，重用主和派的一種譴責。「千秋自有平心論」一句，振聾發聵。〈夢先君子軍容甚盛〉就進一步表述了他的憂國憂民。作者的父親是一位武將，長期駐紮海防前線，而且治軍甚嚴。作者也曾隨父生活在軍中，還曾到過臺灣。面對廈門的一敗，他不由得想起父親，父親的容顏自然出現在他眼前。詩寫道：

倚劍如聞昔日音，一天鼙鼓陣雲深；
金門沙草初鳴雁，父老簞壺正望霖。
獨見平生憂國志，應知未死出師心。
孤兒即欲陣時事，夢醒空傷淚滿襟。

這首敘事與抒情相結合的律詩，充分表達了作者的愛國主義精神，字裡行間無不流露出他憂國憂民的思想感情。他的不少詩，都表現出時刻關心著廈門的收復。

林樹梅有詩集《嘯雲詩抄》，文集《嘯雲文抄》，真實記錄了鴉片戰爭時期廈門一帶人民抗擊英帝國主義的鬥爭，有著「詩史」的價值。路工在《訪書見聞錄》中說，林樹梅「這樣一位金門島上的愛國詩人，應該在近代文學史上占有一個顯著的地位」。

俞萬春與《蕩寇志》

道光六年（一八二六年），一個自稱「忽來道人」的人，忽然寫起小說來。這就是一生並不得志、只是一介「諸生」的俞萬春。小說的名字叫做《結水滸傳》，又名《蕩寇志》。

「志者，記也。」《蕩寇志》記的是什麼？記的是俞萬春跟隨他父親多次鎮壓南方一些省份人民起義的事情。他曾手拿刀槍，親自屠殺過暴動的廣東珠崖黎族人民，也曾鎮壓過桂陽梁得寬、羅幗瑞為首的農民起義，還直接參與過對湖南、廣東、廣西三省瑤民起義軍的殺戮。正因為這樣，才有了《蕩寇志》的創作。他的目的很明確，就是通過這本小說使人人都知道「強盜」不可為，強盜應該斬盡殺絕，萌芽不生。出於這種心態，他苦思冥想，對《水滸傳》作了一個他認為天經地義的「結」，給梁山英雄好漢安排了被斬盡殺絕的悲慘結局。梁山的一百單八將中，不是被生擒，就是戰死；不是被嚇破了膽，就是被處斬。其中，戰死的，有呼延灼被一支飛鏢「正中咽喉，落馬而死」，花榮為陳麗卿用箭射死，秦明打仗中「滾下山麓去，腦漿迸裂」，關勝遭飛鎚打傷而死，朱富也被「一槍洞脅而死」，扈三娘在戰陣中被活活扼死，魯智深後來也中風身亡，武松因力疲精盡而死。被生擒的有：史進因全軍覆沒，被官軍活捉；李逵慘敗負重傷後也被生擒；宋江是在戰鬥中被人射傷左眼後，為兩個漁夫活捉；公孫勝被陳希真將魂魄攝了去；柴進因在戰鬥中嚇破了膽，被蓋天錫生擒。遭斬的竟達三十六人之多。這個結局，充分表現出作者「尊王滅寇」、以明國紀的良苦用心。正因為這樣，他一反《水滸傳》的主題，把梁山英雄好漢都寫成青面獠牙、殺人放火的強盜，並極盡歪曲、醜化之能事。

作為一部長達七十回的小說，《蕩寇志》卻也有它的特色。這就是魯迅在《中國小說史略》中所說：「書中造事行文，有時幾欲摩前傳之壘，採錄景象，亦頗有施、羅所未試者。」在《中國小說的歷史的變遷》中又說：「文章是漂亮的，描寫也不壞。」這恐怕就是毛澤東《在延安文藝座談會上的講話》中所說的那樣：「內容愈反動的作品而又愈帶藝術性，就愈能毒害人民，就愈應該排斥。」

下面，不妨選一段關於一丈青扈三娘與女飛衛陳麗卿交戰的描寫，供大家評閱：

那時月色明亮，兩陣上點起成千的火把，照耀如同白晝。只見戰鼓響處，扈三娘出馬，大罵道：「狼心毒肺爛壞五臟的小賤人，把出這般毒手來，不要慌，吃你老娘一刀！」麗卿笑道：「不知死活的賤丫頭，將息好了，不要殺到半兒不結，又推甚麼事故。」三娘鳳目圓睜，拍馬掄刀直取麗卿。月光之下，兩個女英雄扭成一堆，攪成一塊，鞍上四條玉臂縱橫，坐下八盞銀蹄翻越。這單槍好比神龍出海，那雙刀好似快鶻穿雲，那一個只為夫主報仇，不顧生死性命；這一個要替皇家出力，那管利害吉凶。兩邊陣上，戰鼓震天，吶喊揚威。廝拼了一百多合，全無半點輸贏，兩邊兵將都看呆了。希真、永清稱讚不已，林沖等也都嘆服。麗卿戰夠多時，不能取勝，心裡焦躁，想道：「不這般誘她，如何得手。」便把那支槍攪了個花心，往後面吐出去，這個勢子是楊家祕傳，叫做「玉龍晾衣」。三娘也識得，正要她蓋來。麗卿故意不用，反往下一捺。三娘見了破綻，忙使個「金蛟劈月」，掠開那口刀，往麗卿嗓子上刷地喝聲「著」，橫劈過來。只道著手，那知麗卿正要她如此，便把腰一挫，鳳點頭，霍地往三娘刀口下鑽過。三娘劈個空，麗卿早鑽到三娘背後，順手抽轉槍，拖篙勢往三娘腰眼裡便刺。三娘見劈空，吃了一驚，忙轉馬，把刀橫往後面下三路掃去。說時遲，麗卿的槍已刺著三娘的護腰兜兒上，只爭得未曾透入；那時快，三娘的刀掉轉來，恰好「當」的一聲，刀背格在槍的古定上，這叫做大勾手。麗卿吃他掃開槍，也搶了個空，豁地兩匹馬都分開。麗卿搶在林沖那邊，三娘搶在希真這邊，中間隔得不遠，都兜轉馬頭立定了，喘著氣，廝看。但見滿地月華，露水明亮。希真、永清望見，都連叫：「可惜，可惜！」那邊林沖替三娘捏了把汗，叫聲慚愧。三娘喘呼呼地罵道：「險些兒著了賤人的手。」麗卿道：「造化你這婆娘。」兩個又交馬鬥了二十多合，仍是一樣，大家都不濟事，都帶轉馬回本陣去了。

這段文字，生動、形象、簡潔、流利，寫得有聲有色，繪聲繪影，讀起來，如見其人，如聞其聲。人物描寫、刻畫，也很下工夫，有個性，說明作者駕馭語言的能力，是相當熟練的。書中這類場面的描寫，如梁山英雄張清同官軍的對戰，也是有聲有色的。其他像李逵的勇猛，武松的英武，林沖的委曲求全，魯智深的忠誠梁山事業，都寫得淋漓盡致。

俞萬春（一七九四—一八四九年），字仲華，浙江山陰（今紹興市）人。諸生出身，嘉慶、道光年間，曾跟隨他父親，在廣東、湖南、廣西一帶「從征瑤變」，而且取得了功名。晚年「立地成佛」，到杭州行醫，崇奉道教、佛教，號「忽來道人」。《蕩寇志》先後寫了二十五年（一八二六—一八四一年），中間有過三次大的修改，但到他死，仍然沒有修改完畢。後來，由他兒子俞龍光修訂潤色，在咸豐三年（一八五三年）刊行於世。他原先的想法是想通過這本小說，消除施耐庵的《水滸傳》在人民群眾中的影響，但是，事與願違，人們十分鄙棄這部《蕩寇志》，更進一步認識到了《水滸傳》的不朽價值。

林則徐革職後的「西行詩」

作為中華民族「禁煙」英雄的林則徐（一七八五—一八五〇年），是福建侯官人。他在海風的吹拂下度過了孜孜求學的青少年時代，而後則是北行，考上進士，做起京官。還曾加入消寒詩社即宣南詩社，寫下的詩多酬唱性的消閒遣興之作。此後曾外放浙江杭嘉湖道、江蘇按察使、湖廣總督等職，政績相當顯著，官運可謂亨通。及至道光十八年（一八三八年）歲末，奉命為欽差大臣，赴廣東進行禁煙。在他的努力下，於祖國東南一隅的虎門，終於燃起了銷毀大批鴉片煙的熊熊大火，由此也照亮了林則徐偉岸的愛國英雄的形象。

然而，林則徐的此番壯舉卻招致了災難性的命運，那些與他的政見背道而馳的投降派，藉口鴉片戰爭實乃林氏禁煙之果，喪心病狂地攻擊、誣陷林則徐，其結果可想而知，真正想為國家謀利益的愛國英雄卻承擔了本不存在的罪名，被查辦革職，後又加重處罰，遣戍伊犁。

由此，在東南沿海建立不朽勳業的林則徐，開始了他的西行，沿途寫下了不少詩作，並且「詩情老來轉猖狂」。痛苦的事業挫折感和複雜的人生體驗，使他的詩風也較前期的消閒之詩有了明顯的不同，愛國憂時的深情寄託，使他的詩具有了深切動人的詩魂以及鬱勃蒼涼的情調。

據記載，道光二十二年（一八四二年），林則徐輾轉西行，到了西安，當時是五月中旬，由於「河上積勞，感受時溫，頓成瘧疾」，症狀顯得特別嚴重。彼時此病實為大病，頗難醫治。為了能夠較好地得到治療，遂「呈請病假，因就地賃房僑居」。經過悉心治療，月餘病癒。此時家人被林氏安排留居西安，他自己則仍遵王命，繼續西行。沿途每日備記行程，寫成《荷戈紀程》一卷。他在辭別家人時，寫了〈赴戍登程口占示家人二首〉，詩云：

出門一笑莫心哀，浩蕩襟懷到處開。
時事難從無過立，達官非自有生來。
風濤回首空三島，塵壤從頭數九垓。
休信兒童輕薄語，嗤他趙老送燈臺。

力微任重久神疲，再竭衰庸定不支。
苟利國家生死以，豈因禍福避趨之。
謫居正是君恩厚，養拙剛於戍卒宜。
戲與山妻談故事，試吟斷送老頭皮。

第一首詩主要著意於勸慰家人、囑咐家人。本來是非常悲苦的離愁別恨卻出之以比較輕鬆的乃至幽默的筆調，放達中依然讓人能夠感到那種實實在在的沉重。第二首詩主要著意於抒情言志，較為貼切而又全面地陳說了自己為官從政的體驗。尤其是「苟利國家生死以，豈因禍福避趨之」，充分表達了林則徐的愛國情懷，表現出他不顧個人生命危險而一心報效國家的高風亮節。儘管在此「明志」之前已有「力微任重久神疲」的不堪重負的感受，但林則徐顯然是那種深受傳統文化影響的「先天下之憂而憂」的志士，在他的心中裝著「國家」，同時也裝著「君恩」。

在林則徐西行而至甘肅酒泉縣時，寫下了〈出嘉峪關感賦〉，包括四首詩。其一著力描述嘉峪關作為古老的關隘是怎樣的險要，「嚴關百尺界天西，萬里征人駐馬蹄。飛閣遙連秦樹直，繚垣斜壓隴雲低。天山巉削摩肩立，瀚海蒼茫入望迷。……」其二、其三則著力抒發由嘉峪關引發的歷史滄桑感，諸如「東西尉侯往來通，博望星槎笑鑿空。塞下傳笳歌敕勒，樓頭倚劍接崆峒……」「敦煌舊塞委荒煙，今日陽關古酒泉。……西域若非神武定，何時此地罷防邊？」表現出了詩人穿透蒼茫歷史時空的豐富想像力。其四直接抒發詩人個人的獨特感受，將自己的西行所湧發於心頭的悲涼之意寫了出來：

一騎才過即閉關，中原回首淚痕潸。
棄繻人去誰能識，投筆功成老亦還。
奪得胭脂顏色淡，唱殘楊柳鬢毛斑。
我來別有征途感，不為衰齡盼賜環。

向來信奉著「苟利國家生死以，豈因禍福避趨之」這一人生崇高原則的林則徐，有功反而被遣戍邊關，這種人生的巨大落差和由此而產生的深切痛苦，必然會使他的西行以及西行之詩都帶上明顯的悲劇色彩。「一騎才過即閉關，中原回首淚痕潸」，「我來別有征途感，不為衰齡盼賜環」，便很真切地道出了詩人的悲涼心境。

西行而至蘭州，林則徐繼續著他的歌吟：

時事艱如此，憑誰議海防？
已成頭皓白，遑問口雌黃。
絕塞不辭遠，中原籲可傷。
感君教學易，憂患固其常。
——〈次韻答姚春木〉

西行而至新疆哈密，林則徐依然繼續著他的歌吟：

積素迷天路渺漫，蹣跚敗履獨禁寒。
埋余馬耳尖仍在，灑到烏頭白恐難。
空望奇軍來李愬，有誰窮巷訪袁安。
松篁挫抑何從問，縞帶銀杯滿眼看。
——〈途中大雪〉

西行而至新疆伊犁，林則徐當然還在繼續著他的歌吟，只是心境似乎明朗了一些，因為他能與同事全慶一起經辦新疆開墾之事了。有事可幹，能夠為國為民效力，心中便感到幾分踏實，這顯然體現了一種可貴的品格。他在〈柬全小汀（全慶）〉詩中寫道：

蓬山儔侶賦西征，累月邊庭並轡行。
荒磧長驅回鶻馬，驚沙亂撲曼胡纓。
但期繡隴成千頃，敢憚鋒車歷八城。
丈室維摩雖示疾，御風仍喜往來輕。

雖然踏勘荒地很辛苦，但林則徐心中卻顯得充實，並對「繡隴成千頃」的美景充滿了憧憬。

林則徐在中國近代史上是個光輝四射的民族英雄，他的文化視野也很寬廣，派人譯外文書報，主張師夷以制夷。然而說起他的詩，包括西行之詩，儘管也有較高的藝術水平，但在整個近代詩林中卻並不顯得怎樣突出。不過，能夠從他的詩中很好地窺見他的心境或情感歷程，這也就足夠了。

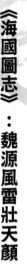

《海國圖志》：魏源風雷壯天顏

魏源（一七九四—一八五七年），原名遠達，字默深，又字墨生，別號良圖，學佛名承貫，湖南邵陽金灘村（今屬隆回縣）人。出生於中小地主家庭，祖父未曾做過官，父親魏邦魯，曾在嘉定、寶山等地做過巡檢、主簿一類的九品小官。

魏源的一生，正處於中國半殖民地半封建社會的轉折期。他的青少年時期是在湖南家鄉度過的。他聰穎過人，很小就入私塾讀書，非常用功。一個人一間屋子，晝夜攻讀。時間久了不出門，偶爾出門，連自己家的狗也不認識他，對著他狂吠。魏源十五歲時，考中了秀才。二十歲，參加了本省學政選優考試，被錄取，成為拔貢，取得了保送入京參加考試的資格。青壯年時期，曾來往於京、湘和江浙之間，一面參加考試、會試，一面給人當家庭教師，或從事著述，或做督府的幕賓。二十一歲隨父入京，二十九歲考中舉人，此後三次參加進士考試，均未被錄取。五十一歲那年，朝考中三甲第四十九名，但因考卷塗改，罰停殿試一年。科舉上的屢次失利，促使他把時間精力轉向了經世致用的學術研究和社會活動。

三十二歲時，江蘇布政使賀長齡請他編輯《皇朝經世文編》。他用了一年時間，完成了這部一百二十卷的政治、經濟巨著。該書收集了從清初到清中葉的有關政治、經濟方面的文獻檔案，為研究鴉片戰爭以前的中國社會，提供了許多可貴的原始資料，這本書問世後，影響很大。正如俞樾所說：「數十年來風行海內，凡講求經濟者，無不奉此書為矩矱，幾於家有其書。」

三十六歲，他在北京出錢捐了一個內閣中書舍人的小官。三十八歲，父親去世，又回到了南方，協助兩江總督陶澍、江蘇巡撫林則徐等籌劃漕運、鹽政、水利的改革，以後又將自己的意見寫成了〈籌鹺篇〉、〈籌河篇〉等著作。他的各種切中時弊的主張，有些得到了實現，收到了一定的成效。

一八四〇年鴉片戰爭爆發，使魏源的視線從對內改革，轉向對外抵抗侵略。他在四十八歲時還入裕謙幕府，到浙江前線抗英。他對定海等地防務提出建議，主張誘敵深入內河，加以圍殲，結果未被採用。

他為了激發民族自尊心和自信心，寫了長達四十萬字的《聖武記》，並在〈南京條約〉

簽訂的同月完成。同時，為了「以夷制夷」、「以夷款夷」、「師夷長技以制夷」，在林則徐《四洲志》的基礎上，著手編寫了《海國圖志》。該書問世後，不僅對近代中國產生了很大的影響，而且傳到日本，曾為日本的學者、文化人所爭讀，認為這部書引起了他們思想上的革命。

魏源在《海國圖志・序言》中寫到這本書的目的是「為以夷攻夷而作，為以夷款夷而作，為師夷長技以制夷而作」。

魏源從鴉片戰爭的失敗中，看到了清朝統治的腐敗，但作為地主階級一分子的他，對此更為痛心疾首。他不像頑固派和投降派那樣，要麼把西方資本主義侵略者看成是「化外之民」，對西方國家的情況茫然無知，認為天朝「無所不有」，夜郎自大；要麼把西方侵略者看成天神，乞降求饒。魏源一方面看到外國侵略者的性格是「唯利是圖，唯感是畏」，針對侵略者這一性格，就必須使侵略者「有可畏懷，而後俯首從命」；另一方面他也看到侵略者確有「長技」，他們憑著「一戰艦，二火器，三養兵練兵之法」來欺侮中國，因此，他認為一定要把抵抗侵略的立腳點放在加強國防力量上，對侵略者的進攻要有充分的武裝準備。這種主張是卓有見地的。

那麼，究竟怎樣抵禦外國侵略者呢？魏源根據他對敵我雙方情況的了解與分析，提出了一些具體的主張。

魏源提出這些反侵略的主張和辦法的時候，表現了另一個可貴的思想，就是他對中華民族充滿了能夠敗敵的信心，他從中國悠久的歷史文化中，看到了中國人的聰明智慧並不比西方落後。在清朝封建統治極端黑暗的情況下，在外國侵略者的瘋狂侵略面前，能夠這樣對自己的國家民族充滿自信，實屬不易。

在《海國圖志》中，魏源還編寫了大量的介紹西方大砲、機器、輪船、望遠鏡等器械製造和使用的內容，並希望引起人民的重視。

《海國圖志》幾經重刊，最後擴展到一百卷，八十八萬字，各種地圖七十五幅，西洋器械圖四十二頁，粗略地介紹了世界許多國家的概況。這些對外部世界的最初描述是比較淺顯的，對國外歷史地理狀況也缺乏詳盡的審核，有些說法依然沿用舊的傳聞。但這部書仍有十分引人入勝的內容，這就是使人振聾發聵的「師夷長技以制夷」的開放思想，在夷夏大防的桎梏中，第一次提出我有所短、夷有所長，標誌著中國傳統世界觀念的變異，有了新的起點，它啟蒙了一批中國的先進志士為挽救民族危亡而漂洋過海，尋找制夷之技。

魏源一生，前期主要參加科舉考試，並以幕僚身份積極革除弊政，為民做了許多好事，鴉片戰爭後親自參加了抗擊英國侵略者的鬥爭，先後提出了「富國強兵」、「緩本急標」等政治、經濟主張。但在晚年，思想墜入了不可解脫的矛盾當中，對清王朝完全失望，對太平天國運動困惑恐懼。他終於辭官，在迷惘中尋找一片與世無爭的淨土，皈依佛門，最後孤寂地離開人世。

魏源不僅是個進步的思想家，而且在文學上也頗有造詣。他一生的主要精力，貢獻於時務政事、今文經學的著述。在文史哲方面都撰寫和編輯了許多著作，史學方面，編有《海國圖志》一百卷、《元史新編》九十五卷、《明代食兵二政錄》八十卷、《皇朝經世文編》一百二十卷、《聖武記》一百四十一卷。哲學方面有《默觚》等。在學術源流上屬今文經學派。曾猛烈抨擊宋學和漢學，主張恢復西漢今文經學的傳統。

魏源在文學方面確是一位難得的詩人。他主張「詩以言志」，發憤而作；提倡文以貫道，寓道於文；強調詩有三要：「厚」、「真」、「重」。魏源的詩主要分為兩部分：政治詩、山水詩。他以文入詩、以史入詩，在一部分詩歌中反映了鴉片戰爭前後的現實生活，表現了愛國憂民的感情。例如〈寰海〉、〈秋興〉等組詩和〈秦淮燈船行〉等長詩，具有深刻的社會意義。

魏源自稱「十詩九山水」，在他的近千首詩作中，絕大部分是以畫入詩的。他生動地描繪了我國名山大川的壯麗景色，反映了對祖國山河的摯愛，把自己感時憤世的情感全部融入詩中。

龔自珍與魏源都是在鴉片戰爭前夕較早地覺察到國家民族危機，有志於拯危濟時的先覺者。龔自珍曾喊出了「九州生氣恃風雷」（《己亥雜詩》），魏源也喊出了「何不藉風雷，一壯天地顏」（〈北上雜詩〉）。他們期望假借風雷，一展宏圖，刷新天地。在清王朝的腐朽統治下，這種高懷遠志雖然落空了，但他們各以得風氣之先的先行思想，為近代思想史寫下了光輝的開篇，腐朽的清王朝雖然壓制他們乘風雷以馳騁，卻無力阻止他們的思想和創作醞釀為風雷，在近代歷史進程中，產生了深遠的影響。

梅曾亮游小盤谷

山水遊記是我國古代文學中的一個重要體裁，也出現過許多膾炙人口的名篇佳作。像唐代柳宗元的〈永州八記〉、明代袁宏道的〈遊虎丘記〉、清人姚鼐的〈登泰山記〉，都是這方面的精品。桐城派的梅曾亮的〈游小盤谷記〉，言簡有序，寫得相當平易而富有情韻。

桐城派是清代一個很著名的文學流派。它是從康乾時代興起的，創始人是方苞（一六六八—一七四九年），後經劉大櫆（一六九八—一七七九年）、姚鼐（一七三二—一八一五年）的推波助瀾，曾顯赫一時。姚鼐去世後，雖已過其盛，仍有他的四大弟子（梅曾亮、管同、方東樹、姚瑩）頂立門戶。到了近代，隨著階級矛盾與民族矛盾的加劇和激化，雖受到龔自珍、魏源等一批新興的散文的衝擊，但仍是散文創作的正宗。梅曾亮就是姚鼐去世後桐城派的核心人物。

梅曾亮（一七八六－一八五六年），字伯言，一字柏峴，江蘇上元（今南京市）人。道光時進士，早年喜歡駢體文，後在鍾山書院讀書，以姚鼐為師，致力古文辭。官至戶部郎中，居京師長達二十多年。晚年告老還鄉，主講揚州書院，文壇奉為大師。

梅曾亮的散文，能夠從日常生活中發現一些帶普遍意義的社會問題，上升到「義、理」的高度，有著鮮明的時代色彩。

一次，好友管同（一七八〇－一八三一年）登門造訪，二人閒談時說到南京西北的小盤谷，有勝山，有名泉，有嘉樹，也有修竹，還有不少名勝古蹟，不覺二人都動了心思，想一塊去尋訪一番。他舅舅侯振廷也被他們說的話感動，對外甥說：「我聽長輩人說，那小盤谷裡，有幾十座廟宇，還有一塊平展展的空地，上面蓋有七八十間小屋，不光是個避暑的好地方，還是個與外界隔絕的世外桃源。老人們都說，明代末年，清兵南下金陵時，南明朝廷的很多遺老遺少都跑到那裡去，一住就是幾個月。那裡雖然距京城只有二三十里地，清兵卻無法發現。」管同也說：「人說那裡還有個古寺，很有些年代。寺裡的僧人十分好客，也善於植樹、種竹，因此，谷兩邊的山上，鬱鬱蔥蔥，隔天遮日，一年四季常青。到了秋天，紅一塊，黃一塊，青一塊，綠一塊，五彩斑斕，絢麗奪目，令人心曠神怡。」舅舅插言說：「那裡的桂花樹最有名了！」大家正要聽他的下文，他卻抽起煙來，然後，又抹了一下鬍鬚，說：「全神州的桂樹，就數咱們盤谷的奇特。一是樹大，一般都有合抱那麼粗，再大點的，兩個人也摟不住。二是花特別香。一到中秋，滿樹的桂花，金光燦燦，就像樹上結滿金鈴一樣，累累洋洋，花香隨著徐徐的山風，飄灑到群山峻嶺之中。人說，桂花一香就是十里，可小盤谷的桂花，一香就是幾十里，連金陵城都能聞到。」

他的話還沒說完，旁邊一個青年，伸著鼻子，對在座的人說：「我都聞到那桂花的香味了！」他的話說得大家都笑了。

梅曾亮沉默了一會兒，對大家說：「我們乾脆約幾個相好的，一起尋訪一次小盤谷。」

過了幾天，梅曾亮就與舅舅侯振廷、好友管同、弟弟念勤、朋友馬湘帆、學生歐岳庵一行六人，去尋訪小盤谷。

出得城，西北方向漫行，就進入丘陵地帶，再走十幾里地，就進入獅子山。這時，他們就問當地人：「這裡是小盤谷嗎？」人們七嘴八舌地回答。有的說：「這裡不遠了。」有的卻說：「沒聽說過有小盤谷那個地方。」

行走間，見路兩邊的山坡上，滿是高聳的修竹，不覺也就進入竹林。只見大竹遮天蔽地，陰涼、清新，難見陽光。再向前，遍是岔路，忽左忽右，叫人為難，大家都覺得不知道該走哪一條路，才能到達小盤谷。這時，不知道是誰說了一句「條條路兒通盤谷」，大家也就繼續信步前行。蜿蜒曲折的林間小路，時而相當寬暢平坦，時而狹窄得只能走過一個人，幾乎每條路，都是這樣。忽然，聽到有狗叫喚的聲音，他們覺得前面一定會有人家，就個個加快步伐，迅速往前趕路。誰知，到達目的地時，竟連一個人也看不到，只有萬竹連枝，沙沙作響，好像又在告訴他們：「再前行，就會到達小盤谷。」由於好奇心和尋訪的興致，他們竟沒有休息，「不達目的，絕不罷休」的信念，使他們繼續趕路。

大約又走了可以煮熟五斗米的時辰，忽然林盡地寬，人們的心也豁然開朗起來。這時，到了歸雲堂。這是一座山中寺院，周圍的居民也不少。他們家家都把種植桂樹當做自己的事業。屋前屋後的桂樹，參差錯落，茂密蔥鬱，顯然都是精心勞作的結果。梅曾亮等六人，繼續南行，穿過一條向來少人行走的小道，不知不覺地就到了一個大山谷。抬頭四望，所有的山上，都長滿了很大的桂花樹，棵棵隨著山勢，呈現出東倒西斜的姿態，那形狀，就像天上扣著的大盆，裡面十分嚴密，人就是咳嗽一聲，那聲音也無法擴散出去。這時山林裡，鴉雀無聲，寂靜異常，可人們的耳朵裡，總是響著一種聲音，原來是泉水匯集到一個湖泊發出的響聲。湖的面積很大很大，四周一直挨著山腳。

接著，梅曾亮等從歸雲堂向北尋去，結果到了盧龍山。只見山上高低不平，高處就像灶臺，低處就像水井。有人面對這塊地方，說：「這是當年南明遺老們避清兵的地方。人們相傳已久的所謂三十六茅庵，七十二小屋，就都在這個山上。」大家這才鬆了一口氣，盡情地欣賞著這一不平常的山間奇景，回憶金陵的興衰，品味人生的坎坷，追思那曾有過的歷史。

天快黑的時候，梅曾亮等六人仍遊興未盡。踏上歸途的時候，山下一片昏暗，只有皎潔的月色，投布在它的上面。從山上向下面看去，無數修竹的搖曳飄動的影子，就像魚龍在驚濤駭浪中穿梭、跳躍。面對眼前如此動人的景色，同遊的人都異口同聲地說：「這萬竹蔽天的地方，恐怕就是小盤谷了！」

回家後，梅曾亮立即寫了一篇〈游小盤谷記〉。記中不僅敘述了自己尋游小盤谷的經過，而且精心地寫了那裡的山、水、竹、樹和古蹟，文筆極為精美、簡潔，意象也格外鮮明。全文抓住了一個「尋」字，筆筆蘸情，處處生輝。最後的凝筆寫小盤谷，理、義、情融為一體，表現出他為文善於以小寓大。

梅曾亮其他記遊的作品，如〈缽山餘霞閣記〉、〈運河泛舟記〉、〈遊瓜步山記〉、〈馮晉漁舍人夢遊記〉、〈引虹橋記〉等，也都文辭美潔，簡明扼要，意象鮮明，膾炙人口。

蒙古族史詩《青史演義》

在內蒙古卓索圖盟土默右旗（今遼寧北票市），有一個叫做忠信府的蒙古貴族家庭，它就是一代天驕成吉思汗的第二十七代孫旺欽巴拉的家。這個忠信府是蒙古族世襲四等太子（蒙語叫做臺吉），屬下層貴族。由於這裡蒙漢雜居，使生活在這裡的蒙古族比較容易受到內地漢族思想、文化的影響。

旺欽巴拉從小就喜歡讀漢族的古典文學。他父親是一個有過功名的貴族，這就使他有機會接觸更多的蒙漢古籍。他又有相當高的文化教養，也喜歡藏書，在家裡修建了「多寶齋」、「綠波堂」等專門藏書的書房，收藏有蒙、漢、滿、藏等不同文字的圖書數千部。尤其是有關蒙古歷史的著作，成了他研究蒙古史的珍品，愛不釋手，還不斷評點。鴉片戰爭時期，旺欽巴拉曾奉命移兵渤海海防前線，守衛海疆長達數年之久，就是在這種軍務十分繁忙的情況下，他也不忘蒙古史的研究。由於他忠於職守，勤懇練兵，曾受到清政府的嘉獎。也就在這個時候，旺欽巴拉在自己長期研究和積累資料的基礎上，開始寫一部蒙古族歷史演義小說《大元盛世青史演義》。

《大元盛世青史演義》又名《大元勃興青史演義》，簡稱《青史演義》。旺欽巴拉最初的設想是概括蒙古族傑出的政治家、軍事家成吉思汗從誕生到斡哥歹即位的七十四年歷史。因此該書結構規模十分宏大，而且是以編年史的形式，有序地展開這位智勇雙全的主帥、開明君主的時代裡許多重大的歷史場面，使它成為蒙古族的一部史詩式的長篇歷史小說。可是由於他軍務繁忙，結果只寫了八章，就在道光二十七年（一八四七年）初，告別人世。長子古拉蘭薩、五子貢納楚克、六子崇威丹精，都喜歡詩歌創作，卻無意繼承父親的遺志，把這部小說接著寫下去。這時的七子尹湛納希，只有十歲，雖然也能吟詩作文，卻還拿不起如此宏大浩瀚的歷史小說。

大約過了二十年的光陰，即同治六年（一八六七年），尹湛納希在寫完反映漠南蒙古貴族青年愛情生活的《一層樓》、《泣紅亭》和《紅雲淚》以後，忽然家中發生了一系列變故，先是妻子薩仁寶勒亡故，接著他的五兄貢納楚克也去世了。為了安慰自己，他就去翻閱父親大量的藏書，於是看到了《青史演義》手稿的前八章，成吉思汗的故事再一次地感動了他。「從此，又起了這樣的念頭，就是把先父沒有寫完的這部《大元盛世青史演義》續寫出來，讓所有的蒙古人都能知道自己的歷史。」（〈青史演義初序〉）為了完成這部有六十九章的大型英雄史詩，他不僅多次閱讀父親的藏書，還設法尋找有關資料。結果，工夫不負有心人。他找到了大元時代所屬蒙古很多部落的史書、歷史故事、傳記，以及漢族的不少歷史著作、蒙滿藏文經典共二十多種。他如飢似渴地日夜細讀，廢寢忘食，「絞盡腦汁，費盡心血」（同上引），花了十多年工夫，終於在光緒十二年（一八八六年）完成了這部瑰麗宏偉的傑作。

《青史演義》全書近八十萬字。這在蒙古族的文學史上是少見的。在作品中，尹湛納希以自己高昂的民族自豪感，對先祖先烈虔誠的信念，在十分廣闊、深厚的歷史文化背景上，為我們細緻地描繪出十二三世紀蒙古草原上宏偉的歷史畫面，並在這個歷史總畫面上，給我們推出了以成吉思汗為中心的一系列蒙古族英雄人物。前五十章寫成吉思汗為主帥的彼培圖統一蒙古高原的征戰，十分紅火，也是全書中最為精彩的部分。在這裡，我們親眼看到彼培圖軍民，把民族的統一大業看成至高無上的神聖職責，個個奮勇當先，自覺行動，努力為實現蒙古草原的進步與發展，奉獻自己的力量。他們也像自己民族英雄史詩和傳說中那些無所畏懼的英雄好漢一樣，個個都表現出草原遊牧民族那種傳統的剽悍、勇敢、樂觀、真誠的秉性。他們樂於奉獻，將榮譽看得比自己的生命還要寶貴；他們疾惡如仇，同仇敵愾；他們不貪求錢財，也不追求奢華，不沉溺酒色，勇於作戰；他們有難同當，有福共享，大塊吃肉，大碗飲酒，團結奮進，為蒙古高原的統一和昌盛，視死如歸，義無反顧，表現出集體主義和愛國主義精神，民族傳統也得到進一步的發揚光大。生活在十九世紀後期的尹湛納希，通過上述描寫，體現了他振興民族、統一祖國、抗擊外來侵略的進步思想。在鴉片戰爭後國家遭受帝國主義列強侵略，民族面臨危亡的時代裡，其現實意義與價值也就十分明確了。

小說著力塑造了成吉思汗的英雄形象。歷史的真實與藝術的創造，使他的形象完整、豐滿，也富有個性色彩，但並不神化。

作為部族領袖和政治家、軍事家的成吉思汗，是一個雄才大略的蒙古民族英雄。睿智、賢德是他性格的主要方面。在統一蒙古高原的過程中，成吉思汗十分注意以德服人，反對一味地憑藉武力征服天下，他說，「治理百姓只能依靠恩義和賢德，並不在乎力氣」；「征服天下在於誠信，而不在威勢」，頗有漢族儒家的「仁政」的味道。從此出發，他本著天下為公的思想，為解救黎民百姓於水火之中，自覺承擔統一的大任。他說：「如今在北方有不計其數的無道之君，他們隨心所欲地百般折磨眾生靈，累月連年起狼煙，荼毒百姓如同狂風捲動沙土塵埃。所以，我要當仁不讓地平定北方。」當有人問他為什麼要殺害那麼多的君主時，他斬釘截鐵地回答道：「那班無道之君，擾亂北方，恣意橫行，殘害百姓，連年用兵，致無辜百姓橫屍沙丘。因此，我安定北方，當仁不讓。」（第三十五章）從而表現出成吉思汗統一蒙古高原，完全是順應歷史潮流的。他的馳騁疆場，南征北戰，東殺西砍，剪除十二惡汗，消滅七十五部族，也是推動歷史車輪滾滾向前的進步行動。軍事是政治的一種特殊手段，也是它的繼續。成吉思汗進行的戰爭是正義的，他從不主動挑起戰爭，更不以強欺弱，也不亂殺無辜。這樣就深得民心。有一次，他手下的大將者勒蔑部屬要用水淹被擊潰的敵軍，他制止了這種做法；又有一次，軍師木華黎要用火攻被困山中的克烈部士兵，他親自趕赴現場，勸他給克烈部士兵留一條生路。對投奔他的一些部落，也能賞給他們良馬，甚至把自己身上的衣服脫給他們穿，把自己家的牛馬茶油分給他們，救貧濟困，撫老恤幼（第三章）。正因為這樣，他最後用武力統一了蒙古高原，進而統一整個中國，在中國歷史上立下了不朽的功勛。

《青史演義》藝術上的成就，是多方面的，像結構的宏闊，人物形象塑造的成功，戰爭描寫的真實而不雷同，語言運用上的純熟、明朗、簡潔，風格上的剛勁、豪放等等，不但為蒙古族長篇小說創作開闢了新的天地，而且成為中國近代長篇小說中的不朽之作。

梁廷楠的《藤花亭曲話》

「曲話」，就是對戲曲的理論探討和評說。它是我國古代的一種戲曲理論著述，形式活潑，語言生動，論述精彩，有情有趣。曲話與詩話、詞話共同被稱為我國古代三大「話」。明清以來，這方面的著作，隨著戲曲的蓬勃發展與繁榮昌盛，也日漸活躍起來，出現了許多這方面的著作。它們從不同的角度與層面，有說有議、有記有述、夾述夾議地對古代戲曲作了散若群珠的品評和述說，而且時出新意，時見妙論。曾經做過林則徐幕僚的梁廷楠，也寫過一本曲話，這就是《藤花亭曲話》。

梁廷楠（一七九六—一八六一年），字章冉，別號藤花主人，廣東順德人。曾以道光甲午（一八三四年）副貢的身份，出任廣東澄海縣訓導，任上參加修纂《廣東海防會覽》，從而對當時的國際形勢相當熟悉，對英帝國主義的殖民政策和國內情況，就更清楚。不久，任廣東廣州越華書院監院教官，後來升任內閣中書，加侍讀銜。

在風起雲湧的中國近代革命史上，梁廷楠同當時許多最先覺醒的知識分子一樣，對國家民族的命運十分關心。他留心時務，尋求救國救民的藥方。他推許西方一些國家的民主、自由與共和制度，並企望著把它們都介紹到國內來，加以實施。道光十八年（一八三八年），林則徐被任命為欽差大臣，赴廣東查辦「海口事件」，節制全省水師。林則徐到廣東後，於次年即責令英國商船繳煙，並立即在虎門全部銷毀，還嚴令外商具結：凡船隻夾帶鴉片者，船貨全部沒收，船主也要正法。不久，林則徐升任兩廣總督，對梁廷楠十分器重，特地邀請他在自己的總督府裡擔任文官，共同商討保衛國家海疆、抵抗外夷侵略的詳細計劃。從此，梁廷楠全心全意地投身於林則徐領導的禁煙運動和抗擊英國侵略者的鬥爭中去，表現出高度的愛國主義精神。在這一階段裡，梁廷楠不僅為林則徐起草了大量的文稿，制定了許多規章制度，還直接參與一些重大事件的謀劃與決策。同時，又通過自己的實際調查研究，完成了有關國際關係方面的專著《粵海方志》與《夷氛聞記》，為林則徐在兩廣總督任上的不少重大決策提供了科學的依據。

作為一個學者，梁廷楠的治學是把史學、金石學作為自己的主攻方向，著有《南唐五主傳》（三卷）、《金石稱例》（四卷）等。在戲曲創作上，有雜劇四種，分別是《圓香夢》、《江梅夢》、《斷緣夢》和《曇花夢》，合稱小四夢；傳奇《了緣記》一種。作者在上述戲曲創作中，自覺地繼承了明代戲曲大家湯顯祖「因情成夢，因夢成戲」的傳統，並賦予了它們濃郁的近代色彩。《江梅夢》是「小四夢」中的一篇代表作，寫楊玉環與李隆基的愛情故事，人物形象鮮明、生動，立意也有著「歷史的藝術反思」的味道。

《藤花亭曲話》共五卷，第一卷列舉元明雜劇和傳奇劇目，主要根據元人鍾嗣成《錄鬼簿》與清人黃文暘《曲海目》兩書，按作家作品數量的多寡重新加以歸類排比。第二、三兩卷是對名家名作的品評，難能可貴的是他不因襲前人談曲、論曲的習慣，皆有獨到的評論。有的是從文獻或史書上去追究本事的淵源和來龍去脈，有的卻專談劇本的辭藻和章法，其中最多的，也是最得心應手的是從劇情、結構上去評論它們的所得與所失，而且獨具慧眼。第四卷重點是談曲辭格律、宮調和譜法。第五卷側重的是戲曲音韻，作者精通音律，給這卷的評論增加了許多學術色彩。其中雖然也經常引用前人的論述，但卻不時出現一些精闢的見解和個人獨特的評論。

作為一部「曲話」，梁廷楠的《藤花亭曲話》自有它高明的地方。這就是在戲曲評述中，能夠從戲曲創作的特殊角度上去品戲、論戲，十分注重情節結構、場面的安排與佈局，人物的對話和曲辭在塑造人物形象上的重要作用，且客觀、公允，很有見地。

梁廷楠的「曲話」，品評了自從元明以來的數百位作家的作品，在評論中，心平氣和，公允客觀，態度科學。

有豐富戲曲創作實踐的梁廷楠，在他的《曲話》中，很重視藝術的獨創精神，並把這一精神貫穿在《曲話》的始終。

梁廷楠在《曲話》中對《桃花扇》似乎獨有所鍾。他一方面是對它的「借兒女之情，寫一代興亡之感」的「歷史的藝術反思」十分器重；另一方面，也對它人物的描寫、刻畫，語言上的個性化特色，以至結構上的別出心裁作了很高的評價，尤其是對它的悲劇結局給了極高的評價。

更為可貴的是，《曲話》還能夠從對作品的具體分析入手，科學地給以評價，既不溢美，也不藏拙。他雖然稱道「《桃花扇》筆意疏爽，寫南朝人物，字字繪形繪聲。至文詞之妙，其豔處似臨風桃蕊，其哀處似著雨梨花，固是一時傑構」；同時也指出它結構上的「自我作古，亦殊覺淡然無味」，曲調上的「未免故走易路」等等。態度坦然，難能可貴。

文康的《兒女英雄傳》

文康的《兒女英雄傳》，是對《紅樓夢》的一種「矯枉」。文康在書的第三十四回中說：「曹雪芹作那部書，不知和假託的那賈府有甚的牢不可破的怨毒，所以才把他家不曾留得一個完人，道著一句好話。」因此，他就把「兒女」和「英雄」強糅在一起，寫出這本小說。這種創作指導思想，是把「英雄事業」與「兒女真情」統一到「忠孝節義」的上面去。他還說：「兒女無非天性，英雄不外人情；最憐兒女最英雄，才是人中龍鳳。」

文康是滿洲鑲紅旗人，姓費莫氏，字鐵仙，一字悔庵。他的先世，曾是清王朝的顯貴和高官，祖父勒保曾任經略大臣，節制五省軍務，封侯爵。文康本人曾捐納理藩院員外郎，升郎中，再升直隸天津兵備道，咸豐初任安徽鳳陽府通判。晚年境遇並不太好，文康與曹雪芹有不少相似的地方，都出身於沒落貴族家庭，都是「榮華已落，愴然有懷，命筆留辭」的。

《兒女英雄傳》共四十一回，成書於咸豐三年到同治四年（一八五三—一八六五年）間，刊行於光緒初年，主要寫安驥與張金鳳、何玉鳳的婚姻故事。少年公子安驥因父親安學海在河工任上被奸人陷害，下在獄中戴罪賠修。為了營救父親，安驥變賣田產，湊積巨款，隻身前往。先是雇了兩個騾夫，但這兩個騾夫路途起了歹心，企圖謀財害命。後又誤入能仁寺，落入凶僧手中，幸虧俠女十三妹在悅來客店曾與他相遇，暗中設法保護，又探得騾夫的陰謀，終於彈斃兇僧，全殲能仁寺歹徒，搭救出安驥與另一蒙難的村姑張金鳳及其父母。十三妹又從中撮合，把張金鳳配與安驥。十三妹真名何玉鳳，父親被姦賊紀獻唐所害，她從此立志要為父親報仇，就拜義士鄧九公學藝，結果練就一身好武藝。後來，她的仇家紀獻唐被殺，她曾有過父仇已報、出家為尼的想法，卻因安驥的勸導，改變初衷，也嫁與安驥。再後張金鳳與何玉鳳共侍奉安公子，陪他讀書上進。安驥也不負二人的用心，科場連連報捷，位極人臣。「一龍二鳳」、「龍鳳呈祥」，享盡人間榮華富貴。

作為文人寫作的一部評話小說，《兒女英雄傳》在藝術上有不少值得肯定的地方。在情節結構上，關節脈絡、伏線呼應、行文布局都很緊湊，故事情節曲折生動。尤其是前半部，更引人入勝，蔣瑞藻的《花朝生筆記》稱其「結構新奇」。如敘述安驥一家的故事，線索直露；寫何玉鳳一家的故事，卻「藏頭藏尾」，隱約寫來，順敘倒敘，穿插有度，頗顯構思功力。在具體描寫上，無論是寫人寫景，狀形繪事，都相當細緻真切，生動傳神。場景描寫也相當壯闊多彩。皇宮、巨宅、市鎮、野村、廟前、客店、街景、科場及販夫走卒、遊民強盜、村姑細婦等等，都寫得絢麗奪目，富有特點，搖曳多姿，色彩斑爛，有如鮮明的民俗風情畫。在人物刻畫方面，既重視他們儀容外表的描寫，也能注重人物內心世界的刻畫；既寫他們的兒女情懷，又寫他們行俠仗義的英雄氣概。寫人情纏綿悱惻，寫俠義豪放粗獷；重筆輕描，點染有度，顯示出人情小說同俠義小說的趨於合流。在人物心理刻畫方面，中國古典小說總是隨著故事情節的發展，在人物的行動中自然加以描寫。《兒女英雄傳》繼承了這一傳統，而且有一定發揮和創新。如悅來客店中十三妹與安驥的初次相遇，處處從安公子的眼睛裡去寫十三妹，把一個從未出過遠門的「貴族公子」的幼稚、痴呆，與飽經人世滄桑的女俠的豪放、潑辣的性格，刻畫得歷歷在目，活靈活現。寫安公子中舉時安家人的各種情形，也十分傳神。他們的外表行動，都不自覺地把自己內心感想告訴給讀者。實際上，他們外表行動都是自己思想情感與內心活動的一種外觀。像家人張進寶氣喘吁吁地跑進家門報告，安學海拿著送來的報單，就往屋裡跑；安太太也樂得雙手去接報單，激動得竟將煙袋遞給了安老爺。這時的安公子，卻一個人站在牆旮旯裡哭了起來；丫鬟長姐也獨自在房裡坐立不定，聽到喜報，把給安老爺戴的帽子錯給了安公子；舅太太未撒完尿也跑了出來；安公子的岳母張太太卻一個人躲在小樓上，撅著屁股向魁星燒香禮拜，那虔誠勁都在她的拈香跪拜中。這一大段描寫，把安學海全家上上下下、裡裡外外、老老少少、男男女女追慕功名、急切複雜的內心世界，都極其準確生動地表現了出來。在語言運用方面，作者對北京語言的熟悉，和採用方言土語、俚俗民謠、市井口語的筆致，肆意暢達，活靈活現。敘述生動、風趣、詼諧。寫人物對話，能選取個性化的語言，使其傳神，令讀者如聞其聲，如見其人，聲口傳人性格。如張太太的滿嘴情話，無故打岔的笨拙，佟舅太太的不時「傲區兒」（開小玩笑），張金鳳心宅周密的婉轉流利，安學海不苟言笑的迂腐四方，鄧九公拙於心計的豪人快語，以及村婦村夫的市井短語等等，都無不一一傳神。

《兒女英雄傳》把人情和俠義結合起來寫，是一種藝術上的創新。人們也可以從一些不太經心描寫的場景與人物活動中，感觸到作品所表現出的社會問題。像「案裡頭沒有做出弊來」的衙門書辦，不顧民命、貪婪誤工的河員道臺等，使讀者看到清王朝的腐敗與社會的不安。但是，作品所寫畢竟太理想化，又有過多的忠孝節義的說教，使這本小說成為一部封建倫理道德相當濃厚的作品。

文康的《兒女英雄傳》出現四十年後，有不署作者姓名的《續兒女英雄傳》三十二回問世，光緒二十四年（一八九八年）北京宏文書局印行。書中寫十三妹等任山東欽差辦案、除暴安良的故事，偏重俠義描寫，文字也一般，可列入俠義小說。

魏秀仁的《花月痕》

在近代眾多的狹邪小說中，魏秀仁的《花月痕》，卻以自己獨特的藝術風格和細膩的描寫，給讀者留下了深刻的印象，也使人們從中了解到當時妓女的命運和封建文人日趨沒落、頹唐的精神狀況，從而幫助讀者認識社會大變動時期的一些帶有普遍性的社會問題。由於作者魏秀仁（一八一九－一八七三年）科場失意，仕途又不得志，長期在陝西、山西、四川等地做幕僚，經歷了鴉片戰爭時期的一些人與事，所以，作品中也自然烙印著那個時代的一些特點和痕跡。

《花月痕》又名《花月姻緣》，五十二回。內容主要寫韋癡珠與劉秋痕、韓荷生與杜采秋相戀的故事。韋癡珠與韓荷生都是風流才子，人稱「海內二龍」，他們又以文字相交同遊山西并州，角逐官場，流連煙花妓院，韋鍾情劉秋痕，韓眷戀杜采秋。所戀上述煙花女子，都十分美貌豔麗，人稱「並州雙鳳」。可是這兩對才子佳人的命運卻極不相同。韋癡珠文采風流，著作等身，傾倒一時；但因懷才不遇，窮困潦倒，困頓在旅邸之中，不久韋與妻子相繼亡故，劉秋痕也以身殉情。韓荷生卻官運亨通，飛黃騰達，「儼然諸侯之上客，參機密而握權要」，後又立功封侯，功成名就。杜采秋也得到個一品夫人的封典。其實，韋、韓兩人的遭際，都濃縮著作者的生平經歷與理想追求。小說處處把他們兩個人的不同命運對照著去寫，文筆纏綿，哀感頑豔。

我們還是先看一段第十五回關於韋癡珠秋心院訪劉秋痕的描寫：

> 癡珠下車，見門是開的，便往裡走來。轉過甬道，見靠西小小一間客廳，垂著湘簾。兜頭便問道：「有人麼？」也沒人答應。癡珠便進二門，只見三面游廊，上屋兩間，一明一暗，正面也垂著湘簾，綠窗深閉。小院無人，庭前一樹梧桐，高有十餘尺，翠蓋亭亭，地下落滿梧桐子。忽聽有一聲：「客來了！」抬頭一看，簷下卻掛了一架綠鸚鵡，見了癡珠主僕，便說起話來。靠北小門內，走出一人來擋住道：「姑娘有病，不能見客，請老爺房裡坐。」癡珠方將移步退出，只聽上房簾鉤一響，說道：「請！」癡珠急回眸一看，卻是秋痕，自掀簾子迎將出來。身穿一件二藍夾紗短襖，下著青縐

鑲花邊褲，撒著月色秋羅褲帶；雲鬢不整，杏臉褪紅，秋水凝波，春山蹙黛，嬌怯怯的步下臺階，向痴珠道：「你今天卻來了！」癡珠忙向前攜著秋痕的手道：「怎麼好端端的又病哩？」秋痕道：「想是夜深了，汾堤上著了涼。」便引入靠南月亮門，門邊一個十五六歲丫環，濃眉闊臉，跛著一腳，笑嘻嘻地站著伺候。癡珠留心看那上面蕉葉式一額，是「秋心院」三字。旁邊掛著一副對聯，是：

一簾秋影淡於月，三徑花香清欲寒。

進內，見花棚菊圃，綠蔓青蕪，無情一碧。上首一屋，面面紗窗，雕欄繚繞。階上西邊門側，又有一個十二三歲丫環，眉目比大的清秀些，掀起茶色紗簾。秋痕便讓癡珠進去，炕上坐下。癡珠說道：「這屋雖小，卻曲折得有趣。你臥室是那一間？」秋痕道：「這是一間隔作橫直三間，這一間是直的。」便將手指東邊道：「那兩間是橫的，前一間是我梳妝地方，後一間便是我臥室。你就到我臥室坐。」說著下炕，將炕邊畫的美人一推，便是個門。癡珠走進，由床橫頭走出床前，覺得一種濃香，也不是花，也不是粉，直撲入鼻孔中。那床是一架楠木穿藤的，掛個月色秋羅帳子，配著錦帶銀鉤。床上鋪一領龍鬚蓆，裡間疊一床白綾三藍灑花的薄被，橫頭擺一個三藍灑花錦鑲廣藤涼枕。秋痕就攜癡珠的手，一齊坐下。

從這段關於劉秋痕「秋心院」的描寫中，我們發現《花月痕》的作者語言運用得純熟逼真，日常生活描寫得細緻真切，而且入情入理，饒富生活情趣與韻味。在人物描寫與刻畫上，也能符合人物的心理變化與個性特徵。如第二十八回的寫痴珠與秋痕因風藤鐲事的誤解、第九回的寫痴珠與秋痕的相遇、第十三回的寫杜采秋看信，都相當出色。景物描寫也極富詩情畫意，令人神往。

林昌彝的《射鷹樓詩話》

「詩話」這一名稱，始於宋歐陽修的《六一詩話》，他在《詩話》的第一句話中說：「居士退居汝陰，而集以資閒談也。」是「閒談」而稱「詩話」，即關於詩的閒談。宋詩話作者許顗也給詩話下過一個定義：「詩話者，辨句法，備古今，紀盛德，錄異事，正訛誤也。」綜合歷史上各種對詩話的理解，我們可以說，詩話就是一種漫話詩壇軼事、品評詩人詩作、談論詩歌作法、探討詩歌源流的隨筆。

在我國，詩話就其內容和體制而言，有其漫長的淵源，早在先秦時代就已盛行著談詩的風氣；到了漢代，出現了獨立的詩文論著，這些評論雖不同於後來那種漫談式、隨筆式的詩話著作，但它們對詩歌理論、詩歌作法的探討及對歷代詩人的品評，給予後代詩話作者的影響是很深遠的。魏晉以來的筆記小說也是詩話的另一重要淵源，雖然這些筆記並非詩話專著，但卻與詩話有著很密切的親緣關係。詩話的勃興和繁榮是在宋代，此後，在金元明時代不斷發展成熟，趨於系統化。隨著詩歌的不斷發展，詩話著作也是卷帙浩繁，不可勝舉，而出現於鴉片戰爭前後的《射鷹樓詩話》便是其中的一部。

《射鷹樓詩話》共二十四卷，全書論及當代詩人約四百位，詩作兩千餘首，採釋極博，把不同流派創作的或多或少反映反帝愛國思想的詩作集中起來宣揚，是一部具有強烈愛國主義思想和進步思想內容的詩話。書名「射鷹」者，「射英」也，即射擊英帝國主義。全書有四部分內容：首先，考訂並評述古今詩作，發表對詩歌創作和鑑賞的見解，在詩歌形式方面，主張藝術風格多樣化，反對獨偏一格；其次，品評「有關風化」的詩作，重視詩的教化作用，要求詩歌對「時務」產生積極作用，要求詩人對社會要有理想和抱負，「貴有抱負，方為大家」；此外，採錄了大量師友的詩歌。而整部《詩話》中最為精彩最為重要的則是反映其愛國主義思想的部分。在這一部分中，作者藉詩話抒陳時務，發憂時救世之政見和感慨，有著明確的政治目的。同時，輯錄了一大批愛國詩人在鴉片戰爭時期的主要作品，保存了不少反對帝國主義侵略的優秀詩篇，並在評論中熱情讚揚了這些愛國詩人和人民群眾的抗英義舉，對腐朽的時政進行了尖銳的抨擊，滲透著強烈的愛國主義的時代情感。

十九世紀三〇年代，鴉片在中國恣意橫流，使中國人民遭受了空前的浩劫，對此，作者滿懷憂慮地寫道：

福州文地，即以金為山，以銀為海，亦不足供逆夷所欲，況地瘠而民貧者乎？數年之後，民其塗炭矣！

既反映了鴉片給中國帶來的災難，也反映了作者對鴉片危害的深深憂慮及對廣大人民的深切同情。

英國入侵，清政府卻一味主張議和，置民族危機於不顧。對此，作者在評論陸遊《書志》時，悲憤地說：

英逆之變，主和議者是何誠心？余嘗見和約一冊，不覺發為之指。陸渭南書志詩云：「肝心獨不化，凝結變金鐵。鑄為上方劍，釁以佞臣血。」讀此詩，真使我肝心變成金鐵也。

在這段評論中，作者把矛頭直指統治者：「面對英國的侵略，你們卻力主議和，這究竟是何居心？看到那屈辱的和約，我氣憤得頭髮都豎起來了。陸渭南在《書志》中說：『我的肝心啊，你為何不熔化凝結成金鐵，我要用你鑄成寶劍，去刺穿佞臣的胸膛！』讀這首詩，真使我的肝心變成了金鐵！」一席話，言辭犀利，如匕首，像投槍，對清政府腐敗無能的抨擊，對喪權辱國者的憤恨及不甘屈辱的一腔正義充溢於字裡行間，讀來不由令人血脈賁張，拍案而起！

鴉片戰爭時期，愛國詩作精彩紛呈，對這些優秀的詩篇，作者也給予了高度的評價，認為「〈三元里〉、〈三將軍歌〉、〈越臺〉、〈江海〉、〈書憤〉諸詩有據鞍顧盼之意」。這些評論，充分體現了作者對反帝義舉的稱道。在對魏源寫於鴉片戰爭後不久的〈前史感〉和〈後史感〉諸作的評論中，作者寫道：

默深詩如雷電倏忽，金石爭鳴，包厚時感，揮灑萬有。默深所謂詩文，皆有裨益經濟，關係運會。

這些評論，表現了作者不甘屈辱、憂心時事及表彰正氣、伸張國威的愛國熱忱，反映了時代和民族的精神，也體現了詩話編纂者的良苦用心。

如此一部充滿憂時憤世愛國主義情感的著作，它的作者是誰呢？他，就是林昌彝。

林昌彝（一八〇三—一八七六年），字惠常，號薌谿，別號茶叟，福建侯官人。道光十五年（一八三九年）中舉，但一生在科舉和仕途上都很不得意。

林昌彝是一個留心時務，主張經世致用的學者與詩詞評論家。他生於民族危機日深、社會劇烈動盪的時期，對帝國主義的侵略切齒痛恨，與魏源、林則徐、張際亮等經世愛國的作家交往，並引為同志，「每談海氛事，即激昂慷慨，幾欲拔劍起舞」。鴉片戰爭爆發後，寫出了〈平夷十六策〉和〈破逆志〉，為鞏固海防、反抗帝國主義侵略出謀獻策，深得時人欣賞。滿腔的愛國熱情使得他在論詩時，把當前危及國家民族命運、全社會共同關心的反抗外來侵略的問題，置於論詩的首位，把反帝愛國作為選詩、論詩的首要標準。因此，在《詩話》中，他廣泛選錄愛國詩歌，並高度讚揚這些詩歌有「俯仰世變，深抱憂患」（卷一），「留心時務，滿目瘡痍」（卷二），「關心桑梓，怫然隱憂」的現實主義創作傾向。可見，作者不僅是一個學者和詩人，也是一個關心國事、頗有經世之心的愛國者。

《射鷹樓詩話》「非同泛泛語」之處，在於它真實地記錄了鴉片戰爭前後一批愛國主義詩人反侵略的吶喊與救國救民的熱忱，並在一定程度上顯示出在民族危難時代，文學直面社會現實的審美風貌。

洪秀全的〈述志〉和〈定乾坤〉

一個偶然的機會，他得到一本《勸世良言》，這本書改變了他的信仰。從此，他只信上帝，不信孔子。一天，他帶著幾個同伴走進孔廟，做出一件驚世駭俗的事來：毀壞了孔子的塑像，砸掉了孔子的牌位，並在廟壁上奮筆寫下了〈毀偶像作〉一詩：

神天之外更無神，何故愚頑假作真？
只有本心渾失卻，焉能超出在凡塵。
全能天父是為神，木刻泥團枉認真。
幸賴耶穌來救世，吾儕及早脫凡塵。

這個破壞偶像的人就是太平天國革命領袖、天王洪秀全。

洪秀全（一八一四－一八六四年），廣東花縣人。他出身於一個貧苦的農民家庭。洪秀全幼年聰慧好學，家人對他寄以厚望，希望他將來考取功名，光宗耀祖。洪秀全七歲入私塾讀書，五六年間就能將《孝經》、「四書」「五經」熟讀成誦。稍長，自己又找來野史奇書廣泛涉獵，學識更為廣博。十六歲時，家庭生活逐漸困難，父親不能再供他讀書求學，洪秀全回到家中與父兄一塊下田勞動。勞動生活一方面鍛鍊了他的身體，另一方面也使他更進一步了解了農民的思想感情和他們生活的艱辛。回鄉勞動第二年，族長看重他的學問人品，於是聘他為本村的塾師，這樣他又有了學習的機會。

像所有的中國古代讀書人一樣，洪秀全希望通過科舉考試求取功名的願望很強烈。他先後四次參加考試，結果均遭失敗。其失敗原因在於當時科舉考試非常黑暗、骯髒，不能選拔有真才實學的人才。

洪秀全在廣州考試時，偶然從外國傳教士手中得到一本宣揚基督教教義的書《勸世良言》，讀後大為震動。由於屢次落第他大受刺激，一天他生了大病，全身高燒滿口嚇人的話語，他說他走進了天堂，看見了上帝，上帝十分慈善地對他講話……這場大病持續了四十多天。

大病之後，洪秀全最後一次參加考試，正如他所預料，又一次失敗了。這次失敗，使洪秀全對科舉考試徹底絕望，而且他對清朝統治下的中國社會現實越加不滿、痛恨。他從廣州回到家中，怒氣沖沖，盡將書籍擲於地上，憤慨地說：「不考清朝試，不穿清朝衣」，「等我自己來開科取天下士吧！」並且揮筆寫下兩首表達自己高遠志向的詩。其一後人定名為〈述志〉：

手握乾坤殺伐權，斬邪留正解民懸。
眼通西北江山外，聲震東南日月邊。
展爪似嫌雲路小，騰身何怕漢程偏。
風雷鼓舞三千浪，易象飛龍定在天。

另一首後人取名為〈定乾坤〉：

龍潛海角恐驚天，暫且偷閒躍在淵。
等待風雲齊聚會，飛騰六合定乾坤。

兩首詩中，洪秀全均以「龍」自喻，自比帝王。詩中充溢一股雄視天下，氣吞萬里的霸氣。兩首詩風格均十分豪邁，情感都十分飽滿，表現了洪秀全決心推翻腐朽的滿清政權，建立一個大同世界的遠大理想、抱負。「易象飛龍定在天」表達了革命事業必勝的信念；「等待風雲齊聚會，飛騰六合定乾坤」對未來革命運動作出了充滿信心的展望。洪秀全「斬邪留正解民懸」的思想無疑是積極、進步的，符合人民的願望，也符合歷史發展的方向。但是，兩首詩中流露出的濃重的帝王意識、個人英雄主義思想顯然又是錯誤、反動的，這顯示出洪秀全思想的侷限性。他思想進步的方面指導著太平天國革命事業的蓬勃發展，而他思想的侷限處又使他親手創立的革命事業最終失敗。

為了實現自己宏大的抱負，洪秀全開始了革命實踐。從一八四三年起，他利用《勸世良言》和當年病中幻想的情景宣傳宗教思想，並創立宗教團體拜上帝會。他的同窗好友馮雲山是他忠誠、積極的支持者。拜上帝會經過一段曲折以後很快發展壯大起來。洪秀全與他的助手開始籌劃起義。洪秀全專門請鑄劍名工為他鑄了一把「斬妖劍」，並賦詩明志，他在這首〈詠寶劍詩〉中寫道：

手持三尺定山河，四海為家共飲和。
擒盡妖邪歸地網，收殘奸宄落天羅。
東南西北敦皇極，日月星辰奏凱歌。
虎嘯龍吟光世界，太平一統樂如何！

詩中再一次表達了洪秀全決心掃蕩舊世界、建立一個新世界的理想。時機終於成熟了，在洪秀全、馮雲山等人的努力宣傳下，加入拜上帝會的人成千成萬。一八五一年，在洪秀全三十八歲誕辰之際，廣西桂平縣金田村裡旗幟飛揚，刀槍閃光，密密層層的人群，歡笑著，熙熙攘攘。洪秀全身著長袍，手按斬妖劍，在人群的歡呼聲中宣告起義，建號太平天國，起義軍號稱太平軍，洪秀全為最高領袖，稱為天王。

金田起義像一聲巨雷在中國黑暗的天空中炸響。在洪秀全領導下，廣西的起義軍發展迅猛，「其勢如暴風驟雨」。清朝統治者對此十分畏懼，派大軍前往鎮壓。太平軍廣大將士為洪秀全描繪出的理想社會所鼓舞，浴血奮戰，重創清軍，並取得官村大捷，大長太平軍聲威。一八五三年，太平軍途經江西、安徽、江蘇三省，一路勢如破竹，占九江、克安慶、過蕪湖，乘勝一舉攻下南京，並將南京改名天京，尊為太平天國的首都。洪秀全在眾將士的護擁下隆重進城，登上寶座。太平天國定都之後，洪秀全以天子身份頒發〈天朝田畝制度〉。這一重要文件十分具體地闡述、描繪了洪秀全對太平天國未來將要創立的新世界的種種設想。他的最高目標是要建立一個「有田同耕，有飯同食，有衣同穿，有錢同使，無處不均勻，無人不飽暖」的大同理想社會。這一烏託邦式理想社會對廣大農民具有強烈吸引力，太平天國成為受苦受難的下層勞動者熱切嚮往的世界。〈天朝田畝制度〉的頒發，一系列新政的推行，使太平天國國勢日隆，如日中天。

隨著革命事業的日益發展，太平天國領導者思想深處的封建意識也日益顯露出來。專制作風、個人崇拜、對權力的貪求使領導集團內部產生分裂，一八五六年，終於發生「天京變亂」，太平天國內部互相殘殺，楊秀清、韋昌輝被處死，石達開受猜忌而出走。「天京變亂」使太平天國由興盛走向衰敗。一八六四年，天京被清兵重重包圍，形勢十分危急，遠在外地的太平軍也無法解救，眼看大勢已去，洪秀全在絕望中病死。

洪秀全一生寫下不少戰鬥詩篇，以抒發革命豪情，表達改天換地的決心，並宣傳革命道理，鼓勵人民起來反抗。這些詩中以〈述志〉和〈定乾坤〉最為著名，也最具代表性。通過這兩首詩我們可以清楚地了解洪秀全的思想，他事業的成敗得失原因從這兩首詩中也可以略見一斑。

洪仁玕的〈四十千秋自詠〉

臨終有一語，言之心欣慰。
天國雖傾滅，他日必復生。

這是太平天國干王洪仁玕在同治三年（一八六四）十一月二十三日被清政府處以凌遲極刑前寫下的絕命詩。詩句洋溢著視死如歸的堅貞精神和對太平天國事業的崇高信念。詩如其人，洪仁玕是一位農民革命英雄，也是近代中國放射思想異彩的人物，並有一些充滿戰鬥激情的詩篇傳世。

洪仁玕（一八二二—一八六四年），字謙益，號吉甫，洪秀全的堂弟，出身於貧苦農民家庭，自幼聰明好學。洪仁玕像當時許多知識分子一樣渴望通過科舉求取功名以光宗耀祖。

一八三六年，十四歲的洪仁玕第一次到省城參加科考，但未能考中秀才。此後每應縣試常常名列前茅，但府試總是失敗，最終未中舉人，大為失望。沒有出路，只得在家鄉任塾師。此時的洪仁玕已經成熟起來，他目睹當時政治腐敗、人民受難、科舉黑暗等現狀，萌生了對現實社會的強烈不滿，產生了推翻清朝政府的思想。

洪仁玕與堂兄洪秀全雖然有年齡差異，但生活在同村，長年交流，感情深篤。幼年時，他與洪秀全經常一起議論時事，聆聽洪秀全的慷慨陳詞。他對洪秀全既敬且愛。道光十七年（一八三七年），洪仁玕十五歲那年，洪秀全屢試不第，深受刺激，大病一場，病癒後開始傳教。洪仁玕與馮雲山最早接受洪秀全施行的洗禮。他是洪秀全「拜上帝教」的信徒，並在教書期間進行傳教活動。

洪秀全、馮雲山為傳教離開本鄉，洪仁玕留了下來。一八五一年，洪秀全在廣西金田村發動起義，留在家鄉的親屬和有關的人都受到官方嚴緝，洪仁玕就在受通緝之列。為了避難，他曾幾度尋找太平軍的隊伍，但均未找到。一八五二年，洪仁玕與洪秀全派到廣東的一個使者一起發動了一場小規模的起義，但很快失敗了。他被官方逮捕卻幸而逃脫，並輾轉逃亡到香港。太平天國定都天京後，洪仁玕來到上海企圖進入天京未果，只得返回香港。在海輪上，洪仁玕激情澎湃，揮筆寫下：

船帆如箭鬥狂濤，風力相隨志更豪。
海作疆場波列陣，浪翻星月影麾旄。
雄驅島嶼飛千里，怒戰貔貅走六鰲。
四日凱旋欣奏績，軍聲十萬尚嘈嘈。

詩中表現出他渴求投入太平革命軍中早日建功立業的豪情壯志。

返回香港後，他接觸了一些外國傳教士並以給外國人教中文為生，與此同時，他也向外國人學習了許多新知識，大大開闊了視野。在香港沒待幾年，他急於投奔洪秀全，便離開香港，前去天京。臨行前，他賦詩一首：

枕邊驚聽雁南征，起視風帆兩岸明。
未挈琵琶揮別調，聊將詩句壯行旌。
意深春草波生色，地隔關山雁有情。
把袖揮舟爾莫顧，英雄從此任縱橫。

詩歌慷慨激昂，氣勢逼人，充滿著對未來的必勝信念。咸豐九年（一八五九年），他從廣東到江西、湖北，喬裝成商人，經過清兵控制區終於到達天京。長期懷才不遇的洪仁玕終於找到了一片可以充分施展自己才華的天地。

洪仁玕的到來使天王洪秀全欣喜萬分。一八五六年，太平天國發生內訌，楊秀清、韋昌輝被處死，石達開出走。這次變亂之後，天王無人佐政，朝政無人管理，京外無智勇雙全的前敵統帥，戰場形勢轉入被動。正當太平天國危急的時刻，洪仁玕來到天京，天王洪秀全的高興是不言而喻的。洪秀全十分了解洪仁玕的才幹，又值太平天國處於用人之際，所以，洪仁玕到天京不到二十天，洪秀全就不顧文臣武將的不滿，封洪仁玕為乾王，並把他推到僅次於天王的重要位置，讓他總理朝政，並兼任軍師。洪仁玕看到諸將有不服之色，屢次推辭不就，但天王不允。於是，年僅三十八歲的洪仁玕擔當起宰相之職。他決心竭忠盡智，報效天王知遇之恩。

洪仁玕任職之後，目睹天國內部種種弊端，下決心進行改革。他根據對西方國家的研究，結合天國的實際，寫了一本名為《資政新篇》的書，經天王洪秀全批准後公布。這是一本構思嚴密、條理清晰、切中時弊、放射思想異彩的奇書。其中包含著洪仁玕學習西方、立志把中國改造成為「新天、新地、新世界」的可貴理想。在這本書裡，他按照自己的了解，敘述了西方資本主義國家的情形，認為這些國家「技藝精巧，國法宏深」。他主張同外國通商，主張發展工業，主張准許私人投資、獎勵發明創造。我們不難看出洪仁玕的主張實際上是要建立一個實行資本主義制度的社會。除了寫出《資政新篇》，洪仁玕上任後還推行了一系列新政，穩定了當時的局面。然而，他的改革也觸動了一些權貴的利益，因此遭到了一些人的攻擊。

一八五九－一八六〇年間，天京被清軍包圍，形勢十分嚴峻。洪仁玕自幼熟讀經史，他巧用「圍魏救趙」的計謀，讓太平天國精銳部隊千里奔襲杭州，吸引圍困天京的清兵南下，然後立即回軍擊敗圍京的清軍。這一戰役打得乾淨、利落，大獲全勝，在太平天國戰史上堪稱傑出戰例。洪仁玕在指揮戰役中表現出了足智多謀、運籌帷幄的軍事指揮才能。經此一戰，太平軍「軍威大振」。

正當太平軍沉浸在勝利的歡樂中並乘勝出兵蘇、杭等地時，安慶告急。當時，天京周圍沒有可以抽調的兵力，洪仁玕奉詔南下催兵。這年他正好四十歲。生日那天，他回顧自己一生的歷程，百感交集，寫下一首〈四十千秋自詠〉：

不惑年臨感轉滋，知非尚欠九秋期。
位居極地誇強仕，天命與人幸早知。
寵遇偏嗤莘野薄，奇逢半笑渭濱遲。
茲當帝降劬勞日，喜接群僚慶賀詩。

詩中流露出辛酸、憤慨、自勉、自勵的複雜心情，反映出他不得意的處境。這個立志改革的政治家在面對日益滋長的腐敗時，深感力不從心。

東進的太平軍一部分在洪仁玕催促之下回到天京奔赴安慶，另一部分留戀蘇、杭繁華之地而遲遲不動。安慶終於失守。清軍以安慶為大本營，沿長江向東，水陸並進，從太平軍手裡奪取了皖南、淮南和沿長江的一個個據點，天京又一次被清軍包圍。軍事上的一次次失利使天王洪秀全十分震怒，他嚴責洪仁玕失職，並革去他的總理之職，削去他的爵位。

同治三年（一八六四年），天王洪秀全病逝，天京陷落。洪仁玕與幼主洪天貴福逃出天京，只有少數隨從跟隨。他們輾轉流亡，走到江西廣昌，被清兵擒獲。面對清朝官員的審問，洪仁玕毫無畏懼，最後，被清兵殺害，這年他四十三歲。洪仁玕英勇犧牲了，他用自己的生命實踐了生前立下的「寧捐軀以殉國，不隱忍以偷生」的誓言。

太平天國留下的傳說故事

太平天國起義是我國近代史上規模最大的一次農民起義。太平天國提出的種種社會理想表達了廣大農民的願望，得到了他們的熱烈擁護。這場起義雖然失敗了，但卻留下許多動人的傳說。

太平天國運動共歷十四年，轉戰大半個中國，留傳下的故事豐富多彩，但大體可分以下幾類：

第一類，頌揚起義領袖聰明才智的故事。如〈金田起義〉講的是馮雲山奉天王之命打造武器為起義做準備。打造時，整日整夜叮叮噹噹，聲音很大，傳到幾里之外。為了避免被官兵發現，惹起麻煩，馮雲山巧生一計，他很快派人買來一大群鵝。鵝愛叫，而且不光白天叫，夜晚也叫，一大群鵝的叫聲就把打鐵聲音掩蓋住了，這樣，起義軍可以安心趕造武器了。兵器越來越多，鋪子裡裝不下，於是把兵器搬到韋昌輝家藏起來；後來，這裡也放不下了，怎麼辦呢？這時，馮雲山又生一計。他找來心腹兄弟，趁黑夜悄悄把兵器全都放進犀牛潭裡去，然後叮囑他們不許走漏消息。起義前一天，洪秀全派人來拿兵器，馮雲山說：「明天一起去犀牛嶺拿。」第二天，幾千人都上犀牛嶺等著拿兵器，卻不見有一件。等了一會兒，馮雲山也來了，大家見他兩手空空，很吃驚。這時，馮雲山說：「昨天晚上，天父託夢給我，說要給我們許多武器，已經放在犀牛潭裡了，現在我們一同去取吧。」大家十分興奮地來到犀牛潭邊，一個人下水摸了一會兒，高興地說：「裡面武器可多哩！」大家一片歡騰。這一故事讚揚了馮雲山的超人智謀。這類故事很多。

第二類，反映起義軍紀律嚴明、愛護百姓的故事。〈洪楊帶兵過瑤寨〉講的是起義軍過瑤家村寨發生的故事。故事內容是：瑤家男男女女聽說一支隊伍過來了，都嚇得躲進深山。因為他們屢遭官兵的騷擾，非常害怕。瑤民走後，雞呀、豬呀、牛呀、羊呀，滿村亂跑。太平軍進村後，頭領說：「瑤人都是受苦人，是天兄的兄弟姐妹！大家快幫著把牲口趕進圈裡去，餵好飼料，我們在寨外安營，不得亂入民房！」第二天，隊伍離去，幾個大膽的瑤民進村探看，發現村裡一切安然無恙，有的東西用過後還留下了錢。後來，人們還發現一張紙條，上面寫著太平軍是窮人的隊伍。「是太平軍！」瑤民十分感動，男女老少追趕隊伍，送去食物以表謝意，有的青年還參加了太平軍。

第三類，讚美太平天國女英雄的故事。洪宣嬌是太平天國著名女將領，關於她的傳說很多。〈刀砍劉四〉講她十七歲時單身從廣東去廣西，尋找哥哥洪秀全，一路上以賣武藝賺錢作路費。一天，她來到一個鎮子，照樣擺場賣藝，卻遇上一個蠻橫的惡人。此人長得身材高大，滿臉橫肉，名叫劉四。他闖進場子向洪宣嬌索要錢財，洪宣嬌十分生氣。他見洪宣嬌不服便提出比武較量。兩人打鬥起來。洪宣嬌雖為女子但武藝高強，她赤手空拳與手持大刀的劉四搏鬥。幾個回合之後，劉四技窮，洪宣嬌奪了他的大刀，「嗖！嗖！」兩下砍下劉四的雙手，劉四疼得滿地打滾，圍觀群眾，莫不拍手稱快。傳說中的洪宣嬌何等英武！〈賴紅姑〉講女英雄賴紅姑十八般武藝樣樣精通，清妖十分畏懼。她隨賴文光南征北戰，為天國立下不少戰功。

第四類，頌揚太平天國匡扶正義、除暴安良的故事。〈白兀趙〉說的是有個村叫白兀趙。這個村本來如戲上唱的「前有戲龍河，後有落鳳山」，十分秀美，可是由於大片田地讓大財主錢眼紅霸占去，村民們都窮得丁噹響。白兀鳥常來村子裡的一棵大白果樹上歇腳，它們嘴裡掉下的毛魚子常鋪撒一地。這一情形讓錢眼紅看見了，他又紅了眼。他霸占了白果樹，獨吞毛魚子，還把村子改為「錢家魚園」。這一年，太平軍來了，錢眼紅依然橫行霸道。太平軍頭領讓士兵把他綑掛在白果樹上。從此後，錢眼紅再也不敢欺侮窮人，白兀趙恢復了原名。〈埋狼崗〉講的是廬州東南四十浬處有個埋狼崗，旁邊有個時家村，村裡有一家人，生活很貧苦。這家人有個姑娘叫三姑，出落得像荷花一樣俊俏、美麗，苗苗條條。村裡有個惡霸叫時大郎，已到七老八十的年紀，還欺男霸女，橫行鄉里。左鄰右舍都恨他恨得牙根癢癢，背地裡叫他屎大狼。這屎大狼看到三姑長得漂亮，便生邪心帶著狗腿子把三姑搶走了。老母親看見女兒被搶快要急瘋了。三姑的大哥大虎去救她，被惡霸害死。三姑也懸梁自盡。二哥二虎拿大刀衝進屎大狼院子，一刀砍下屎大狼的一隻右臂。屎大狼家人見勢將二虎團團圍住，二虎寡不敵眾。正在危急之時，太平軍出現了。他們止住雙方，問明原委，把二虎帶到英王陳玉成面前，英王讚揚二虎是一條好漢。二虎看到太平軍保護窮人，感到無比親切。他敘述了一家人的遭遇，請英王做主為他報仇。英王當即下令將屎大狼正法，並把他的財寶糧食盡數分給窮苦百姓。附近的財主聽說了這件事，都嚇壞了。自此之後，人們把埋著屎大狼的荒崗稱作「埋狼崗」，以示對惡人的痛恨。這類故事在太平天國傳說中也占很大比例。

太平天國戰鬥的地方流傳著許多這樣的故事，表達了人民對這場革命的肯定與讚美。它們是近代文學中極為寶貴的一部分。

中興之臣曾國藩的傳世《家書》

曾國藩（一八一一—一八七二年）是晚清的中興之臣，他一手創辦的「湘軍」打敗了太平天國，挽救了清王朝。然而，他一生的事業又和他的家世息息相關。曾國藩出身耕讀之家，從小就過著勤儉樸素的生活，受到禮義廉恥、忠君愛國的傳統儒家思想教育。六歲開始認字，二十四歲中舉，二十八歲中進士並被點翰林，可謂少年得志。正是因為這些，才為日後他的事業奠定了良好的思想基礎。

曾國藩能成為桐城中興的盟主，這還與他平日訪師擇友密不可分。他深知學問事業和師友的影響很大，曾說：「凡做好人，做好官，做名將，都要有好師好友好榜樣。」他曾投師於軍機大臣穆彰阿，是穆彰阿的門生；又曾從大理學家倭仁、唐鑑學習程朱理學。唐鑑教其治學，倭仁教其做人。這些對他後來的倫理道德思想、治學、立身處世，乃至政治、經濟、軍事等實用方面的學問影響很大，使他的思想很少越出中國傳統思想範圍。

曾國藩在長期的宦海沉浮與理學的潛心研究中，逐漸形成了以禮治政、以忠孝做人的內法外儒的思想體系。他認為對太平天國，不僅需要武裝「圍剿」，還需要思想、文化方面的「圍剿」。桐城派以程朱理學為歸，以衛道、絀邪、興教化為任，正是一支可以利用的隊伍。

十九世紀五〇年代末，湘軍在與太平軍處於相持階段之時，曾國藩幕府中急需各方面的人才，而戰爭進行的主要地區是江蘇、安徽。曾國藩的振臂一呼，使衰微的桐城派文人學士紛沓而來，成為曾氏幕府的政治、文化方面的重要力量。據統計曾氏幕僚中官員九十二人，其中江蘇、安徽籍的就占二十四人，這樣也增加了他的政治勢力。

在桐城派中興中，曾國藩首先肯定桐城派為文家正宗，又不斷擴大桐城派陣地並新組了一支文學隊伍。

由於曾國藩對桐城派文章的大膽改造，使桐城派文學走出了低谷，從規模狹小的死胡同中走出來，開始表現複雜的社會題材和社會思想，從此打破了桐城派所謹守的法度、語言的禁忌。桐城派能中興，其中很重要的因素源於曾國藩對桐城文的改造。

作為一種文學樣式，「家書」是最能體現作者真情實感的了。它的無拘無束，自由活潑；傾注親情，無話不說；真情流露，苦口婆心，都使這種作品洋溢著一種濃郁的感情，真實的內容，親切的感覺。古今中外，也出現了許許多多膾炙人口、百談不厭的家書，令人讀來心曠神怡，從中看到一些其他體裁難以表現的內容與感情。

曾國藩的家書，所涉及內容十分廣泛，大到政治、經濟、軍事、治學、修身，小到家庭生活、人際關係，無所不及。通過他對子弟子侄人品、學識、處世、為人等方面的教育，清楚地看出他修身、齊家、治國、平天下的原則。無怪乎蔣介石、毛澤東等許多政治家，都要把《曾國藩家書》奉為必讀之書。

在家書中可以看出曾國藩為官的法則：恪守「忠」、推崇「仁」、留心用人、倡勤儉，反映了儒家思想對他為人立世之道的深刻影響。

曾國藩事業的成功，得益於他勤奮刻苦的學習。他的治學方法和理論，即使在今天也有著重要的參考價值。他認為：氣質本自天賦，很難改變，但讀書可以改變人的氣質。想要尋求改變氣質的方法，必須先立志。他常說：「志不立，天下無可成之事。」

在軍事上曾國藩憑著儒家精神，訓練出地主武裝湘軍。他募兵要農夫，選官需智勇，訓練仿戚家軍治兵之法，並作〈愛民歌〉要求湘軍傳唱，以示對軍民關係的重視。曾國藩屬文人帶兵，以儒家精神練出一支子弟兵——湘軍，但他並不是一個成功的指揮官。他自己也說：「鄙人乃訓練之才，非戰陣之才。」湘軍在平定太平天國之亂中多次被太平天國軍打敗，曾國藩也曾有過三次投湖自殺以示決不投降、決不貪生怕死的忠心，幸被部將所救，這些失敗的戰役，差不多都是曾國藩自己親任指揮官的。曾國藩雖屢戰屢敗，但他意志堅強，態度沉著，仍能繼續戰鬥，貫徹始終。從《曾國藩家書》中可看出：曾國藩的軍事理論十分精湛，卻不能將這一精湛的理論與實際有機地加以結合，他不過是一位軍事上的理論家。

家書中寫得最多的是治家的方法。他的治家沿其祖訓「書蔬魚豬，早掃考寶」八字家規。他把治家的關鍵放在「勤儉孝友」上，他認為這是一家精神力的表現。他十分注意對女眷的教育。

《曾國藩家書》能歷久不衰，讓每個讀者都愛不釋手的原因，就在於他為官、處世、治學、治家的原則適合人們在現實生活中的需要，能恰到好處地協調人際關係，維持家庭和睦。它是中華民族傳統文化的一部分。

滿族女詩人顧太清

在中國文學史上，女性向來是男性作者審美視界中反復把玩、吟詠的對象。在漫長的古典文學畫卷中，多是琳瑯滿目的女性人物形象，而能夠以創作主體、審美主體載入文學史冊的女性作家，則鳳毛麟角。這不能不歸咎於以男性主義為中心的夫權文化。到了近代，伴隨著獨立、平等、民主等意識的萌芽，這種清一色的男性作家文學史的狀況略有改變。胡文楷的《歷代婦女著作考》共列女作家四千餘人，僅清代就有三千五百人之多（均指有作品傳世或存目於文獻者）。到了近代，巾幗更不讓鬚眉，其自我覺醒意識空前增強。儘管如此，傳統封建禮教，還在嚴格封殺著企圖獨立於「爺們兒」世界的巾幗女傑。凡能夠脫穎而出、傳名後世的女作家，無不是經歷千難萬險後以傷痕累累之軀挺立於男性作家們面前。鑑湖女俠秋瑾自不必說，在她之前，一位滿族貴婦也不堪青春生命虛耗，而用她的詞筆唱出了厭倦貴族陳腐生涯，渴望個性舒展的心靈吶喊。她就是有「男中成容若，女中太清春」之稱的滿族最優秀的女詩人顧春。

顧春（一七九九—一八七六年），字梅仙，又字子春，號太清。晚年別號雲槎外史。這是一位身世不幸、平生遭遇曲折而充滿傳奇性的奇女子。她本屬貴族，西林覺羅氏，是滿洲鑲藍旗人，鄂爾泰曾孫。但這貴族身份給她帶來的並不是榮耀和富貴，而是罪孽和不幸。乾隆二十年（一七五五年），她的祖父、廣西巡撫鄂昌因胡中藻詩案牽連，被賜自盡。她一出生，便是「罪人之後」，後來被榮恪郡王綿億府上一顧姓包衣人（奴僕）所收養，遂冒姓顧。以至於百年之後，人們仍難以斷定其祖籍。據她後來的〈食鹿尾詩〉說到食「海上仙山」的鹿尾而牽動鄉情，又自名其詞集為《東海漁歌》，有人便推測其家鄉當在「吉、黑瀕海產鹿之區」。顧春自幼失去父母，養於僕人之家，旦夕禍福、窮富巨變，給她幼小的心靈抹上痛苦而難忘的記憶。幸運抑或不幸的是，顧春聰慧過人，乖巧伶俐，尤喜舞文弄墨，遊戲作詩，頗有情致。在二八芳齡時，便出落成絕色佳人，才貌雙全。二十歲時，被綿億郡王之子奕繪看上，便嫁給自家主人公子做了側室。所幸的是，奕繪雖貴為乾隆皇帝曾孫，襲貝勒爵，但風流儒雅，擅長詩詞書法，喜愛金石書畫，還有一副憐香惜玉的情種懷抱，娶了顧春這位頗擅音詩的絕代佳人後，對其寵愛有加，專在永定河之西、大房山之南購得南谷，為顧春營建別墅，很快就把正妻拋諸腦後。夫妾二人吟詩作畫，騎馬彈奏，唱和相得。還在別墅中交結名流，談藝論道，愜意無比。奕繪府邸儼然就是一個文學沙龍。可惜好景不長，道光十八年（一八三八年），奕繪卒，顧春的不幸便隨之而來。奕繪正妻所生嫡長子載鈞襲爵。他向來不滿意顧春，在奕繪喪事剛完，便舊仇新恨一起清算，將顧春及其所生子等五人逐出貝勒爵府，終於為久被冷落的母親報了失寵之仇。而顧春只好在西城養馬營租賃民房暫住，時常還得遭受載鈞的種種刁難。自此，顧春便從充滿柔情蜜意的貴婦人生活跌入封建宗法家族利益傾軋的無底深淵，連一種自食其力的農婦生活都過不安寧。這種苦難生涯倒也成了她詩詞的好素材，遂自署「太清西林春」或「太清春」。七十七歲時雙目失明，仍不輟詩筆。晚年以子貴，生活有所好轉，逝世時已在七十八歲以上。

顧春是一位至情至性的詩人。雖嫁與奕繪為側室，但夫妾以詩唱和，互為知音。奕繪在世時，貝勒府是文士名流雅集的場所，顧春自然是討得各方人士喜愛的女主人，不僅美麗華貴，而且詩才出眾。那種眾星捧月式的榮寵和得意正是射向載鈞及其母親心窩上的利箭。奕繪卒後，顧春搬往西城，與當時的文人雅士的交遊和詩文唱和依然不絕，更令載鈞感到其對父親守喪不忠，敗壞門風。其中，顧春與大思想家、大詩人龔自珍往來尤為密切。

顧春與龔自珍的交往在當時有許多議論。據說二人相戀，有情而無緣。從文學的角度看，自珍、太清相戀之真偽倒也無須過於較真，所謂流言止於智者，民間又有「無風不起浪」之語。自珍、太清交往之密留給文學史的，不應該是桃色事件式的緋聞，而應該是鮮活的、生動的、能夠激活創作靈感和生命激情的寫作契機，是見情見性的、能夠浸潤詩人們天性的自由、浪漫之母乳。自珍、太清二人皆人中龍鳳，詩詞俱佳，性情相投，互相傾慕，互為知音。如二人真的以詩相戀，也是情理之中的事。

太清作為滿族最優秀的女詩人，詩詞俱佳，數量眾多，尤工於詞。有《天游閣集》五卷，包括詩詞，有詞集單行本《東海漁歌》四卷。況周頤《蕙風詞話》引用當時人的公評：「本朝鐵嶺人詞，男中成容若，女中太清春，直窺北宋堂奧。」認為她與納蘭容若分別是清朝最優秀的女性和男性詞人，時人紛紛欲先睹為快。她的詞作內容包括題畫、唱和、詠懷、詠物四類。這些詞作擺脫了元明以來纖巧浮豔、雕琢模擬的惡習，直取宋詞中生動活潑的創造精神，自由抒寫真實的生活和情感，被況周頤評價為「深穩沉著，不琢不率」，「閨秀中不能有二」。她的懷人之作〈早春怨．春夜〉寫道：

楊柳風斜，黃昏人靜，睡穩棲鴉。短燭燒殘，長更坐盡，小篆添些。紅樓不閉窗紗，被一縷、春痕暗遮。淡淡輕煙，溶溶院落，月在梨花。

春夜懷人，幽深的背景，寂寞的情懷，難挨的長夜，情景人融為一體，細膩生動，耐人尋味，化用宋人詞意了無痕跡。其他如抒情詞〈定風波・惡夢〉、詠物詞〈江城子・落花〉、寫景詞〈浪淘沙・登香山望昆明湖〉等，都樸實親切，洗練傳神，似淡實濃。雖多寫閨中生活，視野不闊，但真率自然，有一股丈夫式的豪逸渾厚之氣。或許，這也正是令龔自珍傾慕的原因。

閨中才女、佼佼詞家吳藻

清代詞人名家輩出，佳作連篇，是詞發展史上的一個重要階段。到近代，也湧現出不少成績斐然的女詞家，吳藻就是她們當中的佼佼者。

吳藻（一七九九－一八六二年），字蘋香，號玉岑子，浙江仁和（今杭州）人。她的父親是當地一位很有名望的商人，家裡常常是「談笑有商賈，往來無書生」。就是在這樣一個充滿錢財氣味的家庭裡，小蘋香很早就顯示出獨特的文藝才能。喜好誦讀詩詞曲賦，調理音律短長。蘋香的父親雖是一個商賈，卻也開明通達，知書識禮，看到小蘋香有書香門第之趣，便想為女兒尋覓一位先生教讀詩書。

說來也巧，這一天一位客人來到吳宅，造訪蘋香的父親。此人也是杭州人氏，名曰陳文述，字退庵，號雲伯，嘉慶年間舉人，曾官昭文縣知縣。退庵乃是當時的知名詩人。他詩學西崑體，早在少年時詩文已名冠江南。退庵為詩，尤長於歌行體，所作近體亦頗佳。王曇稱他是「集百八十年詩人之大成」的詩人。

陳文述與蘋香的父親既為桑梓近鄰，關係頗為親近，故而常來常往。前幾天，蘋香的父親告訴陳文述自己得了一壺好茶，請他前來一起品味。卻說二人敘談興味正濃，那茶也泡得正是時辰，忽聽內堂傳來悠揚的琴聲，陳文述放下茶盅，靜靜聆聽一回，不由讚嘆：「妙！妙！聞琴聲頗有高山流水之意，不知可是令愛所奏？」吳老先生捻鬚微笑道：「正是，正是。」隨即喚道：「蘋兒，出來見過陳叔伯！」琴聲戛然而止，不一會兒，從內堂走出一位亭亭玉立的小姑娘，看上去十五六歲。吳老先生正要介紹，不想蘋香已道了個深深的萬福：「久仰陳叔伯大名，不知先生可是來自『荷花世界柳絲鄉』？」一個小姑娘竟將自己的詞句隨手拈來，令陳退庵驚喜不已，一時竟不知說什麼好。吳老先生忙說：「小女素仰陳兄詩才，自幼喜好識文斷墨，陳兄如不嫌棄，就做小女的先生如何？」「不敢當，不敢當，得英才而教育之為人生一大快事，令愛稟賦高潔，性情淑賢，小弟願傾所學供所請教。」「多謝陳叔伯厚愛。」蘋香又深深地拜了一個萬福。

光陰荏苒，又一年過去了。陳文述已去安徽全椒做知縣了，而吳蘋香也嫁給了同邑商人黃某。在陳文述近一年的悉心指教下，蘋香的詩詞功力日見長進。在杭州已是小有名氣。丈夫黃某雖是商賈中人，卻頗能體諒關愛蘋香，有時也和夫人一起品茶詠詩。蘋香善繪丹青，夫妻常常展畫評賞，倒也別有一番情韻。

這一時期，蘋香與杭州的詩詞名家黃憲清、趙慶熺過從甚密，黃憲清才思富贍，詩詞曲均所擅長。中年後因為政治失意，詩詞多抒發個人抑鬱不滿。晚年詞作尤為充實。趙慶熺的詞曲除對花、賞月、傷秋、題畫等傳統題材外，也不乏深刻的內容。由於他才華出眾、技巧精熟，常能狀難寫之景，抒難言之情，在藝術上做到自然本色，情味雋永。黃、趙二位的才情與藝術風格深深地影響著蘋香的詩詞創作。在風景秀美、才子雲集的杭州，還有很多女詞人，如李佩金、鮑之惠、歸懋儀等，蘋香經常同她們在一起酬答唱和，精研詩詞理趣，成為志同道合的好朋友。

正當蘋香的詩詞一步步走向成熟時，她的丈夫因患急症不幸早逝，這使得人尚年輕的蘋香的生活發生了重大變化。失去經濟支柱的蘋香從此深居簡出，獨自一人寡居錢塘。就是在她內心充滿悲痛、孤寂的時刻，她也從未放棄過詩詞的創作。這一時期，她曾自作《喬影》雜劇，一時傳唱大江南北，聲名鵲起。詞的創作也進入高峰期，藝術上日臻化境，時人稱讚蘋香可與納蘭容若相媲美，並稱他們為清代兩大詞人。她自己也戲稱為「掃眉才子」。

晚年的蘋香生活無依，日見拮据，往日的一些好友也都紛紛謝世，令她益加感受到人生的禍福無常。每當她創作出一首絕妙好詞或描畫出一幅青綠山水時，每當她再次彈奏起「高山流水」時，內心都禁不住自問：「人生來去自是空，我如此執著不肯放棄，豈不是違背了本來的天道嗎？我孜孜不倦所追求的或許只有在一切都停止時才可能得到吧？」於是年屆花甲的「掃眉才子」，名冠錢塘的「玉岑子」，終於棄絕筆墨文字，皈依禪門了。不管未來的蘋香是涅磐還是終結，這都是她重新奏響的一曲「高山流水」。

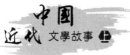

《空山夢》與古劇創新

范元亨二十三歲時編寫的傳奇《空山夢》，向我們透露出一個古典戲曲創作上的新信息，這就是古劇隨著時代發展的推陳出新。正是這種適應時代潮流的推其陳、出其新，使中國古典戲曲創作在這一時期，還能有自己的讀者，在近代文學史占一席之地。

范元亨（一八一九—一八五五年），原名大濡，字直侯，號問園主人。江西德化（今九江）人。咸豐二年（一八五二年）中舉，次年參加會試，看到科場的種種弊端，十分憤怒，就拂袖罷試，回到家鄉。他生性耿直不阿，從不諂媚權貴，終於潦倒貧困終生。死時，年僅三十六歲。

范元亨少時聰慧多才，又刻苦好學，人以神童待之。著述豐富，經史子集都有鑽研，有《四書集解》二十卷、《五經釋義》五十六卷、《紅樓夢評批》三十二卷、《問園詩文集》

二十四卷、《問國詞稿》八卷、《秋海棠傳奇》十六卷，共一百五十六卷。可惜都毀於戰火，目前只保存著《空山夢》傳奇和七十一首遺詩。

三十二卷本的《紅樓夢評批》告訴我們，曹雪芹的《紅樓夢》曾經引起他極大興趣，並使他在風華正茂時伏案邊讀邊評批，竟寫了那麼多文字。儘管我們今天已經無法看到它的「廬山真面目」，但是仍然從這些乾枯的文字中，體會到范元亨熱衷於《紅樓夢》，傾情於《紅樓夢》。寶黛愛情悲劇在他心靈深處引起震撼，自然也在他的創作中打下烙印。人們也不會否認《空山夢》中容逑與楊守晦的愛情悲劇與他仔細評批過的《紅樓夢》的聯繫。

明代嘉靖年間，鎮守邊防的定南侯，驍勇善戰，治兵也極嚴，面對北方屢屢進犯邊境的匈奴，他毫不手軟，堅決給以回擊，匈奴聞風喪膽，蝸居不敢侵犯。長期遭受匈奴侵擾的邊地人民，也有了一個安居樂業的機會。可是這一行動卻使當朝權奸們不安，他們出於賣國投降的陰暗心理，想方設法把他調回京師，並陷害致死。定南侯膝下無兒，只有一女，名叫容逑，在父親遭受殺身之禍後，為了保全生命，只好隱居金陵鍾山。一個偶然機會，在山中與不滿朝政墮落而棄官隱居鍾山的御史楊守晦相遇。二人一見傾心，心心相印，從此過上美滿幸福的夫妻生活。誰知天有不測風雲，忽然皇帝降詔，要容逑去匈奴和親。容逑心裡十分清楚，知道這完全是奸相的陰謀詭計，可是回過頭來一想，覺得能在這一關鍵時刻，犧牲個人幸福而為國家民族做些貢獻，也是值得的。她毅然決定出關和親，把報效祖國、挽救國家民族的危亡作為自己人生追求的最高理想。所以丈夫送行時，她說：

我容娘呵，為君親遠靖盧龍灑頸血，扶持天地，要叫他匈奴落膽，單于頹氣。要知俺上國才人，只看這閨中女子。請頻翻青史，有幾個佳人，死法能如此。我和君各有當為事，怎受得相牽制，又不是情蟲蟻。……有容娘擔當山河，怎少得大才人護持元氣。君休憶，我為君持使節臨邊地，君為我快對悲風酌酒巵。

明珠薏苡，已自壞長城。卻數他女孩兒又去和親。但不知黃沙白雪怎生行，羶漿酥酪如何飲？此番得見天子呵，誓把先臣冤憤向玉階陳。勝緹縈沒作官婢，效木蘭慷慨從軍。漫說明君恨，當朝丞相不須嗔。請看我重續君侯未了勛。

容娘在楊守晦送別自己時的這一席話，充溢著多少悲壯慷慨的豪俠氣，表現出一代巾幗的豪情壯志。楊守晦聽後，十分感動，連連稱讚容娘「目空千古」了。

容逑到了番地後，就以身殉國，既保持了作為女兒身的貞節，也保持了自己不辱於家、不辱於國、不辱於民族的忠貞節烈；更成就了漢族女子的寧為玉碎、不為瓦全的高風亮節。

這在作者當時所處的時代裡，的確是壯懷激烈，空谷傳響。不是嗎？當帝國主義的侵略炮聲震動東南沿海時，不是有不少人嚇破了膽，在朝廷中也出現了投降派的一味屈膝、割地賠款、喪權辱國嗎？不是還有些人躲進「蓮幕」中醉生夢死嗎？詩人龔自珍不是也在〈詠史〉中大呼：「田橫五百人安在，難道歸來盡列侯？」范元亨在劇中所寄寓的清除邊患、保家衛國的愛國主義思想，通過容逑的藝術形象，也明白地表現出來了。

《空山夢》在藝術上的創新，突出地表現在它的不用宮調，不遵舊曲牌，完全是自己的創作、自度曲。這正是「花雅之爭」後，花部地方戲興盛時的必然。這種自度曲，打破了原先傳奇在音樂曲式結構上聯曲體的束縛，使唱腔音樂和戲劇故事情節很好地統一起來，也能夠使劇本根據整個劇情發展的需要，選擇最適合的表演手段，靈活地安排場次，並把各種藝術手段有機地結合起來。第六出〈訣閣〉中大段大段的唱，就極好地抒發了人物別離時的複雜心情，也把容逑那為國家民族勇於獻身的精神，表現得淋漓盡致。

俠義小說《三俠五義》

問竹主人根據石玉昆說唱抄錄的刪去唱詞、只留評說的一百二十回抄本《龍圖公案》，加以潤色整理，改名《三俠五義》，在光緒五年（一八七九年）由北京聚珍堂出版，一時成為暢銷書。

《三俠五義》主要說的是南俠展昭，北俠白玉堂，雙俠丁兆蘭，丁兆蕙與小俠艾虎，黑妖狐智化，小諸葛沈仲元七人在清官包公的支持下除暴安良的故事。共一百二十回。前二十七回，以「狸貓換太子」故事作為引子，說了包拯的成長、入仕，斷案折獄，平反宮冤，迎歸國母，以大義滅親、懲治李保作結。從第二十八回到第六十八回，以展昭同白玉堂的「御貓」和「白鼠」的爭雄為中心線索，說到「五義」歸附清廉正直的包拯，以及包拯與眾俠義保范仲淹、顏查散等年輕清官，同權奸龐太師及其爪牙無法調和的鬥爭。後五十二回是以顏查散巡按襄陽為主線，說了眾俠義士同襄陽王及其黨羽的鬥爭。全書把忠與奸、善與惡、正與邪作為自己故事的基本衝突，展現了上自皇室宮廷、下至窮鄉僻壤間的種種社會矛盾。裡面有貪官汙吏的結黨營私、誣陷忠良、鑄造冤獄；也有土豪惡霸的荼毒百姓、魚肉鄉里；更有皇親國戚的廣結黨羽、圖謀叛變。他們的倒行逆施、胡作非為，激起了民憤，也為清官與俠義之士提供了施展自己武藝的陣地。清官與俠義之士相互支持，洞幽燭微、剪除奸惡、扶危濟困、行俠仗義、為民除害，表現出說書人所代表的人民群眾的殷切希望與崇高理想，滲透著人民大眾的審美情趣。全書情節曲折離奇，語言風趣流暢，人物性格鮮明，形象豐滿完整。正因為這樣，它一直極受群眾的喜愛。

《三俠五義》在人物形象的塑造上，取得了很大的成就。對作為中心人物的包拯，說書者在民間傳說藝術創造的基礎上，使他更加理想化，並且通過一些細節的描寫與刻畫，使之更為豐滿鮮明。他執法嚴正，剛正不阿，鐵面無私，不畏權貴，機智靈活，料事如神。審理案件，從不冤枉一個好人，也不放過一個壞人。為了搞清陳州糶糧的事，他明察暗訪，在搞清事情真相後，毫不猶豫地用御製龍頭鍘處決了當朝國舅、太師的兒子龐昱，既伸張了正義，又為國為民除了一大害。在其他一系列要案、大案與疑案的審處過程中，如伽藍僧人被殺案、書生買豬頭案、烏盆案、郭槐陷害李後案、屈申被害案等，都能明斷，懲惡揚善，在他身上體現了人民群眾的意願與理想。白玉堂、展昭等五俠的形象，也熠熠閃光，光彩照人。尤其是白玉堂的疾惡如仇、見義勇為，逞強好勝、武藝高強，但又思想狹隘，好冒險。展昭的英爽大方，機智幹練，蔣平的善於隨機應變等等，都說得十分感人。在故事情節的安排處理上，幾個線索的交互發展，使人感到一波未平、一波又起，曲折緊張，有條不紊，接縫斗榫，巧妙無痕，具有強烈的藝術感染力。

《三俠五義》在光緒十五年（一八八九年）曾經過俞樾的修改，刪掉原第一回的狸貓換太子，改名《七俠五義》；一九五六年趙景深又作了重新校訂與刪改，由上海文化出版社出版，成為現代比較流行的本子。近年來許多出版社都有出版，但沒有出現什麼突出的校訂與整理。原書署名石玉昆，也為世人公認不疑。

漠南作家尹湛納希

道光十七年（一八三七年）五月二十日，成吉思汗第二十七代孫旺欽巴勒的妻子曼尤莎克，給這個世代仕宦之家生下了第七個兒子，這就是尹湛納希。按當時的習慣，父母親給這個兒子取了兩個名字，蒙古語乳名哈斯魯，漢語名寶瑛，字潤亭，號衡山。

尹湛納希自幼聰慧好學。五歲時他就能夠遵從父命，熟背自己的家譜，記住祖先成吉思汗統一蒙古高原的一些故事，十歲左右已經能吟詩作文。十七歲時通過母親與舅舅的關係，進入喀喇沁右旗的札薩克多羅杜棱郡王色伯克多爾濟王府，同王府裡眾多的女子與郡王的女兒生活在一起。色伯克多爾濟原先的打算是想把自己的公主嫁給這位博學多才的青年，誰知天不作美，公主未嫁就夭亡了，給尹湛納希造成沉重的精神創傷。他十八歲時根據自己在郡王府的生活經歷，寫了一部中篇小說〈月鵑〉。這一事件也堵塞了尹湛納希的仕途經濟之路。從此，他「擇此筆墨生涯」，開始走上文學創作的道路。處女作中篇小說〈月鵑〉的完成，也增加了他的信心。

同治元年到二年（一八六二－一八六三年），尹湛納希以無比的激情，以自己青年時代的愛情生活為背景，寫成愛情小說《紅雲淚》，這部小說被認為是蒙古貴族社會的縮影。

《紅雲淚》寫的是漠南一個郡王的公子如玉與五大番王之一的伯馬王的千金紫舒小姐及她的丫鬟赤雲之間的愛情糾紛。如玉十歲時來到伯馬王府，與紫舒、赤雲等女孩子一起生活，逐漸產生了感情。如玉很愛紫舒，紫舒也鍾情於如玉，二人兩小無猜，耳鬢廝磨，形影不離。伯馬王也看中如玉的才華出眾，可是由於門第懸殊，長期都沒有明確肯定他們的婚姻要求。這樣，就使陷入情網不能自拔的紫舒十分痛苦；加上她心地的純真、性格的內向、思想的單純、追求的執著，逐漸染病，以至重病纏身而夭亡。丫鬟赤雲也出家為尼。如玉在遭受到如此沉重打擊的情況下，悲憤地回到自己家裡。

這部長達幾十萬字的小說，通過伯馬王府裡的日常生活的描寫，展現出蒙古貴族追求享樂、無所事事、日益腐敗沒落的現實圖景。其中有青年一代為向往自由、追求個性解放同封建家長進行的鬥爭，有貴族統治者與眾多奴僕間的矛盾，有管家奴才與一般奴僕間的衝突，也有貴族內部嫡庶間的矛盾等。但作為小說主線的卻是如玉、紫舒之間富有近代色彩的愛情與腐朽的婚姻制度間的難以調和的矛盾衝突。作為小說主人公之一的如玉，實際就是作者自己，伯馬王府也就是他十多年前客居的那個郡王府，紫舒則是當年那位郡王公主。尹湛納希把自己那段生活感受與體驗以至全部情感，都傾注在這些人物身上。他們在一起寫詩作畫，評古論今，讀愛情小說，賽詩會上暢抒各自的理想與追求，顯露如花似玉年紀橫溢出眾的才華，從而也為他們精心地營造出一個「伊甸園式」的富有青春活力與情趣的小天地。如玉也在這個具有較高文化教養和能夠自由傳達思想情感的小天地裡，贏得了紫舒、赤雲等如花似玉的姑娘的傾心與愛慕。作者通過他們的生活描寫，抒發了自己對早年愛情生活無限眷戀的情懷。但是，從作品的字裡行間也可以發現尹湛納希那心靈深處的隱痛與憤懣，這為後來蒙古族的《紅樓夢》——《一層樓》的寫作，積累了相當深厚的生活經驗與藝術功底。

創作激情無比旺盛的尹湛納希，在完成《紅雲淚》後，接著又展紙創作了長篇小說被譽為蒙古族的《紅樓夢》的《一層樓》。這部小說他寫了兩年（一八六四—一八六五年）。《一層樓》計劃寫兩部，取材於自己家庭父輩青年時代的愛情與婚姻故事。

故事講的是在漠南賁侯的忠信王府中，活躍著一群純潔爛漫的少男少女，他們天真活潑，青梅竹馬，耳鬢廝磨，逐步建立了深厚的感情。隨著年齡的增長，他們那兩小無猜的手足之情，也默默地、不動聲色地向男女情愛方面推進。愛情在他們那純真的心田上萌動起來。賁侯府裡的公子賁璞玉與三位表姐聖如、琴默、爐梅之間相互傾慕，最後，璞玉終於把這種愛傾注在爐梅身上。可是這府上的老一代人，他們雖然也有過這些少男少女同樣的經歷，如今竟都以長輩的身份相當自覺地從蒙古貴族家世的利益出發，把結婚當做一種政治行為，「是一種借新的聯姻來擴大自己勢力的機會」。賁璞玉個人在這方面的意願，不為長輩們考慮，以至他們視而不見，充耳不聞，仍醉心於藉聯姻來擴大和鞏固賁侯家世的利益。起初看中端莊淑賢、善於迎合性格的琴默小姐做自己孫兒媳婦的是賁府老太太、璞玉的祖母陶太夫人；喜歡自己內姪女爐梅的美麗聰慧、才華出眾的是璞玉的母親金夫人，覺得自己的兒媳婦最理想的應該是她；作為一家之主的賁侯，掂量來，掂量去，選中的卻是有著質樸、爽朗性格的外甥女聖如。他們私下裡的這種觀察與選擇，雖然沒有明白地告訴對方，但是卻也相互間心照不宣。這樣，應該是婚姻的當事者的賁璞玉的婚姻，由於他們各懷鬼胎、鉤心鬥角，長期難以確定下來。

也就在這些長輩的舉棋不定、各有一著的情況下，賁侯的上司、節度使、東北郡的蘇貝子，忽然提出願意把自己的公主蘇己許配給賁璞玉為妻。賁侯心中樂滋滋的，覺得能同郡王結親，不僅可以抬高自己的地位，擴大自己的勢力，滿足家世的利益，也可以消除他同母親、妻子的矛盾，便迅速答應了這門親事。陶太夫人、金夫人也覺得這才是門當戶對，打消了各自當初的想法。三個人在「結婚是一種政治行為，是一種借新的聯姻來擴大自己勢力的機會」的共同思想上，統一了起來。當事者賁璞玉，面對這種沒有愛情的婚姻，清醒地了解到這同自己的理想與追求距離很大，想反抗又無能為力，只好勉強同意與蘇己結婚，其他三位紅顏知己，也迫於封建宗法制度的壓力，抱恨分離，各奔東西。聖如嫁給一個身患重病的男子，迎親路上丈夫就死了，自己也成了一個未婚先寡的女子；爐梅許配給一個「洋商」，後來在丫鬟畫眉的幫助下，冒著「辱沒祖宗，玷汙門第」的罪名深夜私奔；琴默呢？她毅然不顧父母給自己挑選的知縣兒子宋濤，投水殉情。三人共同用自己的行動對封建禮教進行了「弱者的反抗」，表現出她們那個時代女性爭取個性解放、渴望婚姻自由、實現人的尊嚴與價值的思想。賁璞玉與蘇己婚後不久，蘇小姐也因重病纏身而死，《一層樓》在這裡也結束了。作為一部蒙古青年貴族的愛情婚姻悲劇，我們清楚地看到賁璞玉與聖如、琴默、爐梅共同追求著的人生最美好、最有價值的近代愛情毀滅了；歷史所賦予他們的必然要求與這個要求的難以實現之間形成的悲劇性的衝突，也毀滅了他們。

作為可以單獨成書的《泣紅亭》，既可以說是《一層樓》的姊妹篇，也可以說是它的下卷。作品以賁璞玉在夢中尋找三位表姐開始，把這一群貴族男女帶入一個與漠南草原完全不同的地方，這就是「上有天堂，下有蘇杭」的山清水秀的人間仙境——浙江杭州。也就在杭州，璞玉無意中遇到了聖如、琴默與爐梅三位表姐，他們舊情難捨，經過一番波折，璞玉終於與三位表姐成了眷屬。這部《泣紅亭》，雖然表現出他們四人的「因情成夢，因夢團聚」，帶有理想的夢幻色彩，落入了中國古典小說常採用的大團圓結局，但卻並沒有完全消弭它悲劇的光輝。

《一層樓》與《泣紅亭》在藝術上有著自己不朽的美學價值。這就是序中所說「其本事固無虛妄」的現實主義的勝利。

《一層樓》所寫賁璞玉等的愛情悲劇故事，既有他在郡王色伯克多爾濟王府的親身經歷與生活積累，也有他父親與生母青年時代愛情與婚姻的不幸。這樣，「凡百年間，事態竟若同出一軌，此本書所以不能不為鍾情者哀憐而長太息也。」（〈明序〉）也正因為這樣，《一層樓》「先引《紅樓夢》之事以描摹，次述《一層樓》之文為傳焉」，自然使這部小說成為蒙古族的《紅樓夢》。

光緒十八年（一八九二年）正月十七日（二月二五日），當人們還都沉浸在新春的歡樂中時，他卻病逝在錦州，享年只有五十六歲。尹湛納希一生沒有做過官，也沒有任何積蓄，按蒙古貴族的家規，他也沒有資格進入忠信王府這個成吉思汗後裔的祖墳，只好掩埋在風吹草低見牛羊的荒郊曠野的枯草蓬蒿之中。草原上的颶風，卻有情地把這位傑出的文學家和他創作的三部長篇小說與總計不下二百萬字的著作，吹向整個神州大地，吹向亞洲以至全世界，也留作人們永恆的懷念。

當歷史進入近代時期，中國古典小說呈現出一片衰落景象的情況下，蒙古族作家尹湛納希卻以他的《青史演義》、《一層樓》和《泣紅亭》，給中國多民族文學史中增添了極為耀眼的光彩。

樊增祥與《彩雲曲》

提到樊增祥，常人也許不知其為何許人也。但如果說起賽金花的大名，恐怕人人都能繪聲繪色講述一番。然而這豆棚閒話式的賽金花軼事，大多都是現代人的演繹，或許被國人視為小說家言。其實，賽金花還真是近代史上一位說不清、道不完的風月中人，而給這位京滬名妓以詩立傳的，竟然是一位有復古傳統傾向的封建末期詩人樊增祥。

樊增祥（一八四六－一九三一年），字嘉父，別號樊山，湖北恩施人。光緒三年（一八七七年）中進士，做過翰林院庶吉士。出補陝西渭南縣知縣，後又遷鳳潁等道臺。因為為官清正，頗有政績，加之雅好詩文，又出自名臣張之洞門下，光緒二十七年（一九〇一年）升任陝西按察使。光緒三十四年（一九〇八年）調任紅寧布政使。辛亥革命後，在北京做起寓公。樊增祥為官多年，精通於公文判牘，其草製的章表奏疏，在當時被奉為典範。曾經跟隨李慈銘學習駢文，也是晚清的駢文高手。早年學習袁枚、趙翼的詩，以中晚唐詩為典範，和另一位詩人易順鼎同為中晚唐詩派的倡導者。時名很盛，號稱「樊易」。晚年又趨向學習宋詩，成為同光體的主將。清亡後所做詩歌率易頹放，遊戲於詩章間。樊增祥才華橫溢，為人通達多趣，勤於著述，現存詩歌多達三萬餘首，有《樊山全集》存世。其詩歌風格，香豔富麗，多為七律，技巧純熟，尤其是寫豔情的詩歌，直追晚唐香豔體詩人韓偓。其詩還善於以紅梅為詠嘆對象。當時還有一位詩僧敬安，善寫白梅詩，一俗一僧，共愛梅花，相映成趣，故當時有「紅梅布政，白梅和尚」的佳話。而樊氏最為人所稱道的詩，便是前後〈彩雲曲〉並序。這首詩因為給蘇州名妓傅彩雲立傳而傳遍京津滬杭間。

〈彩雲曲〉寫於光緒二十五年（一八九九年）夏，樊增祥寓居京城時。其時，傅彩雲那頗有傳奇色彩的經歷正出於販夫走卒之口，入於王公學士之耳。彩雲本是蘇州名妓，十三歲時便在上海成名。因豔麗動人，善解人意，巧慧好學，歌舞雙絕，一時間滬上狎客趨之若鶩，其名聲不減其前輩蘇小小、李師師、杜十娘之流，風月場中還真不乏紅塵知己。某學士愛至極致，用重價買回，藏之金屋，諧魚水之歡。不久，學士作為大清國的使節出使英國，攜彩雲同往。彩雲伶俐乖巧，很快粗通英語，得到英國維多利亞女王喜愛，曾與英王一同合影留念。學士回國後，與彩雲同居京城，怎奈這彩雲不甘寂寞，與家中男僕阿福私通生下一女。學士憤怒不已，趕走阿福，但留下了彩雲。不料學士命中無緣獨享尤物，竟因糖尿病而撇下美人，撒手人寰。這彩雲沒了管束愈加無法無天，乾脆又與另一男僕做了夫婦。因不善營生，坐吃山空，男僕病故，彩雲又重返上海，再操賣笑生涯，改名為「賽金花」。蘇滬之民惡其臭名昭著，以官府之令將她驅逐出上海。「賽金花」輾轉到了天津，雖已年過三十，但豔名不減當年。樊氏和友人談起有關傅彩雲的風流傳說時，友人半謔半真地鼓動樊氏，何不用號稱當代韓冬郎的詩筆為此女立傳，以效元稹當年作《會真記》那樣，不失為文壇一段佳話。樊氏果然動筆寫下這首洋洋灑灑、長達七百三十一字、一百零四句的長篇詩歌〈彩雲曲〉並序。詩序簡要敘述了傅彩雲的風塵生涯，寫人敘事精當簡括，頗為生動傳神，儼然一篇人物小傳，且以唐代小說〈霍小玉傳〉中有關李益與霍小玉的生死恩怨為比，以戒來者。而詩歌正文則以華美的詞章、豐富的典故、整體的婉轉韻律營造出富麗華貴、纏綿蘊藉、濃烈香豔的抒情氣氛，無不以華麗堆砌、用典對偶為能事，結尾則化用李益與霍小玉的傳說，以恩怨相報、彩雲易散、玻璃易脆寄託諷諫之意，表明學習白居易以詩載道的寫作意圖。此曲一成，不敢說洛陽紙貴，但確實在京津間廣為流傳，與賽金花的傳聞，互相輝映，播於婦孺之口。

光緒二十九年（一九〇三年），樊增祥入京朝覲，正碰上賽金花因虐待致死一婢女而被押入刑部大牢問罪。因刑部有關官員都是賽金花舊日相好，賽氏被從輕發落，流配原籍。京中好友同人又鼓動樊增祥補敘此事，記之以詩。

賽金花被鄉人由滬逐去天津後，操起鴇母生意。庚子事變中，八國聯軍攻入北京，燒殺搶掠，無惡不作，尤其以德國侵略軍最為野蠻兇殘，而德軍統帥瓦德西早就聽說過賽金花在英國時的大名，偏偏愛上了這位水性楊花的風塵佳麗。賽氏正好投其所好，與瓦德西居住在金鑾殿，出雙入對，招搖過市，旁若無人。留守京城的大臣，看到德國鬼子燒掠姦淫，殘暴甚於禽獸，苦於無力阻止，便暗託賽金花在瓦德西面前求情，沒想到前人諷刺的「安危託婦人」，倒真的起了作用，經瓦德西的約束，德軍暴行稍有收斂。瓦德西歸國後，因有這一段荒唐經歷而被德皇革職。賽金花失去依靠後，重操舊業，終因人命官司而流放南歸。樊增祥面對這樣一位在正統儒家看來「人盡可夫」、荒淫成性、不知羞恥的「禍水」，自然不會有憐香惜玉之情去傷悼，而是從「女人是禍水」的儒家老調出發，重申「蕩婦」「害及中外文武大臣」的觀點，為出入青樓者鑑。在詩前用序文補敘了賽金花在「庚子事變」中的軼事及淒涼的結局，申明了繼寫〈後彩雲曲〉的目的，即「著意於庚子之變」。

〈後彩雲曲〉與〈彩雲曲〉相似，以華詞麗藻、整飭對偶的句式、和諧婉轉的韻律抒寫豔情，寫了八國聯軍焚掠京城，瓦德西向賽金花求愛，兩人出入宮禁、喧嘩街市的史實，結尾則以因果報應的觀點概括了二人的結局，並歸結出「禍水不足溺人，人自溺之」的詩旨。無論是從敘事的內容，抒情的線索，還是從詞彙、句法、表現手法來看，都堪稱是〈彩雲曲〉的姊妹篇。

這兩首詩雖然廣泛流傳，並使樊增祥詩名大盛，但客觀而論，在藝術上並無多少突破，除了華麗豔情，還是華麗豔情。其化「傅彩雲」之名為詩題，巧用比興，精於用典，顯示出其學問、才華的同時，傷於太過雕飾精巧。而「禍水」云云，實為道學家之論。其真正的價值，倒在於以正統文人之筆為這位經歷坎坷、身世不幸、複雜多變的妓女立傳，頗有認識價值。這是樊氏所未想到的。

「人境廬主人」黃遵憲

月光皎潔，晚風習習，一位白髮老嫗懷抱著一個只有三歲的孩子，坐在院裡教孩子唸兒歌：

月光光，秀才娘，騎白馬，過蓮塘。蓮塘背，種韭菜，韭菜花，結親家。親家門口，一口塘，放個鯉魚八尺長。

牙牙學語的孩子還不懂得兒歌的意思，只是興致勃勃地用童聲吟哦。誰也不會想到這個孩子日後竟成了一位了不起的人物。他，就是別號「人境廬主人」的黃遵憲。

黃遵憲（一八四八—一九〇五年），字公度，別號「觀日道人」、「人境廬主人」

等，廣東梅縣人。出生於一個官僚地主家庭。三歲時，家中添了一弟一妹，他便由曾祖母李氏撫養。李氏知書達理，愛好民間文學。黃遵憲跟著曾祖母學習了不少兒歌及古詩。四歲時，曾祖母看他天資過人，就早早送他入學。十歲時，黃遵憲詩文大有長進。一天，塾師以梅縣神童蔡蒙吉的詩句「一路春鳩啼落花」句命題，黃遵憲的答詩出句不凡：「春從何處去，鳩亦盡情啼。」使塾師大為驚異。次日，塾師又以杜甫的「一覽眾山小」句命題，黃遵憲脫口而出：「天下猶為小，何論眼底山。」一個年僅十歲的少年吟出的這兩行詩，顯示出何等的才氣和志向！黃遵憲的才華很快贏得鄉親們的讚許，人們親切地稱他為「小才子」。他的曾祖母更是欣喜異常。黃遵憲從少年時代起，便有遠大的抱負，想幹一番驚天動地的事業，立志要青史留名。因此，他和當時大部分青年士子一樣熱衷科舉，以求得有朝一日飛黃騰達。一八六七年，黃遵憲二十歲，參加院試，入州學，成了秀才，但是之後考試卻屢屢失敗。並非他沒有才學，而是當時省級以上考試十分混亂，根本不能選拔真才。雖然科場頻頻失意，但青年黃遵憲不墜青雲之志，他廣交朋友，博覽群書，努力磨礪自己。他不願過那種「埋頭破屋」、「皓首窮經」的儒士生活，大膽否定傳統漢宋之學，主張「經世致用」。他認為讀書人應走出書齋，面對社會，勇於實踐：「古人豈我欺，今昔奈勢異。儒生不出門，勿論當世事。識時貴知今，通情貴閱世。」正是從這一思想出發，使黃遵憲在二十一歲寫的〈雜感〉一詩中喊出了「我手寫吾口，古豈能拘牽」的口號。他的這句詩，向來被文學史家推崇為近代「詩界革命」的宣言，他本人也被尊為「詩界革命」的旗手。

一八七六年，黃遵憲赴京師應順天鄉試，被錄取為第一百四十一名舉人，多年的努力終於有了結果。翌年，他跟隨何如璋東渡日本，任清政府駐日使館參贊。黃遵憲在日任參贊時，能夠獨當一面，大使館中許多具體事宜，多半由他決斷。政務之暇，他特別留心考察日本明治維新的改革過程。當他認識到改革確實使日本日益強盛時，便產生了中國應仿效日本以變法的觀念，於是他開始涉獵各種有關資料和文獻，打算著述《日本國志》，綜合性地介紹日本，特別是日本的維新變法，以資國人參考借鑑。為了儘快熟悉日本和搜求有關文獻資料，黃遵憲結交了許多日本朋友，其中包括詩人、學者、政治家、民間藝人、醫生等。他時常走出使館，涉足街頭巷尾，並將所見所聞寫成詩集《日本雜事詩》。他的日本朋友源桂閣看完詩集的初稿後，嘆服不已，希望能將它珍藏在自己的家中。黃遵憲說：「不如讓一片淨土把它埋在其中。」源桂閣說：「此絕代風雅之事，就請在我園中隙地埋藏吧！」於是請黃遵憲寫好碑名，曰「日本雜詩最初稿塚」，並即請工匠刻碑。樹碑之日，源桂閣特地邀請黃遵憲和他的幾位同僚好友共聚園中飲酒。在紅梅吐豔的春日，同沐東方文化春風的日中朋友們相聚暢飲，其情景令人欣喜。酒至半酣，黃遵憲親自盛詩稿於囊中，同源桂閣一起放到掘好的土穴中，又掩上黃土，將酒澆在上面，黃遵憲一邊祝誦曰：「一卷詩兮一坏土，詩有靈兮土亦香。乞神佛兮護持之，葬詩魂兮墨江滸。」源桂閣也吟詩相和。這段故事實為中日文化史上的佳話。後來，黃遵憲在《日本雜事詩》基礎上寫成《日本國志》，用文學和政論的形式大力提倡學習明治維新，對中國士大夫及維新派知識分子產生廣泛影響。早期改良主義者，曾出任駐英、法、意、比四國大臣的薛福成看了《日本國志》後稱：「此奇作也，數百年來鮮有為之者。」一八九五年，《日本國志》正式出版面世，薛福成親自為此書作〈序〉。《日本國志》也引起光緒帝的重視，他讀了此書大受啟發，決心效法明治改革。

一八八二年，黃遵憲奉命調任美國舊金山任總領事。到任後，立即開展保護華僑的工作。他竭盡全力為保護華僑的權益與美國當局據理力爭，有力地抵制了美國種族主義分子的排華活動。一次，運載華工的船到後，黃遵憲前往查驗。在碼頭，一群排華分子用手槍指著他威脅說：「如敢再引華工入境，當以此相贈。」黃遵憲不為所動，繼續在職權範圍內積極維護華工的正當權益。

一八八九年，黃遵憲被任命為駐英二等參贊。在倫敦，大霧連月不開，黃遵憲心情頗抑鬱，但決不消沉。閒暇無事，他開始編輯《人境廬詩草》。兩年後他調任新加坡總領事。一八九四年，中日戰爭爆發，黃遵憲奉命回國，在張之洞幕下主持江寧洋務局。他積極參加康有為在上海組織的強學會，後來，他發起組織創辦《時務報》。一八九七年，出任湖南長寶鹽法道，並兼湖南按察使，同巡撫陳寶箴一道積極推行新政，掃除積弊。戊戌變法失敗後，黃遵憲遭革職放歸。之後到病故前這七八年中，他潛心於學術、教育事業，並補寫了許多記述過去所見所聞的詩篇，集成《人境廬詩草》。這部詩集不僅對黃遵憲個人而言是十分重要的，就整個近代詩歌而言也頗具意義。它是我國古典詩歌發展到最後階段轉向革新時期的里程碑，它體現了古典詩歌在近代領域內的改革、創新和突破。

一九〇五年，黃遵憲走完了他那波瀾萬丈的人生旅程。作為政治家和外交家，黃遵憲是近代史上的俊傑；作為詩人，他是近代詩壇上的巨子。

秦腔名劇《秦香蓮》

秦腔《秦香蓮》，經過世代藝人同作家的密切合作，到了晚清，竟成為享譽神州的一齣家喻戶曉、婦孺皆解的劇目，很多地方戲曲劇種都有移植、演出。

早在嘉慶年間，這部劇就以《賽琵琶》的名字，轟動京師和東南沿海一帶。

這個戲之所以叫《賽琵琶》，是要超過元末「南戲之祖」高明的《琵琶記》。它給女主人公秦香蓮賦予了強烈的反抗精神。它寫秦香蓮母子為避陳世美之刺客來到三官廟，得三官廟神救助，並授得帶兵之法，在對西夏用兵時立了大功，回朝後親自審判陳世美。這就是〈女審〉一場的「妻乃數其罪，責讓之，洋洋千餘言」，充分表達了人民的意願。

嘉道年間，《賽琵琶》經過進一步加工修改，改名《秦香蓮》，刪掉原先的〈女審〉，改秦香蓮進府同陳世美進行面對面的鬥爭。這就是秦香蓮同國太、公主的〈三對面〉，從而把秦香蓮的反抗鬥爭從駙馬府中推向皇宮，推向朝廷，大大地深化了作品的主題思想，昇華了秦香蓮的反抗鬥爭精神。

到了晚清，這個戲隨著時代的發展，又作了新的推陳出新。重要的改變是：一、改原先的〈女審〉為鐵面無私的包拯「鍘美」，劇名也改為《鍘美案》。包拯被請出，給這本戲賦予了「清官」戲的內容與色彩。二、改陳世美派刺客刺殺香蓮母子為家將韓琦殺廟。韓琦在香蓮的哭訴下了解到事情原委、真情，不僅放走了香蓮母子，還自刎廟前，表現出他的見義勇為。這一筆道出了陳世美的眾叛親離。三、增加了香蓮同皇姑、國太的說理鬥爭關目，這就是〈三對面〉，加強了香蓮性格反抗鬥爭的一面。四、刪去大團圓的結局。

《鍘美案》的成就主要表現在以下兩個方面。

第一，極大地豐富了秦香蓮的藝術形象。劇本不僅在原有的基礎上，加強了秦香蓮性格善良、淳樸的方面，而且給她注入了堅強不屈的反抗鬥爭精神。她攜兒帶女上京尋夫，聽到陳世美招贅駙馬的消息後，她有說不出的傷心和憤恨。但她仍憑著那滿腔熱心的「結髮」之情，去見了陳世美。結果陳世美不認她們母子，企圖以紋銀騙她們回家。她毅然決然地拒絕了這種欺騙，產生了要上朝告他的想法。誰知就在這個時刻，她被這個負心的當朝駙馬拳打腳踢，趕出府門。這一腳也踢醒了她：「高堂父母不奉養，得新忘舊棄糟糠。親生兒女路人樣，又將我拳打腳踢趕出門牆。」這一嚴酷的現實，使她對陳世美這個「衣冠楚楚禽獸樣」的富貴變心賊，有了進一步的認識，從而下定決心「今生不死定報冤仇」。接著，她在「闖宮」後，又「攔轎」告了一狀。她不畏權勢，直至闖到皇太后那裡，同她進行面對面的說理鬥爭。當她見到皇姑時，泰然而立，與皇姑論理：

皇姑：見皇姑不下跪為哪般？
香蓮：論國法我應與你跪，
　　　論家法你應把我參。
皇姑：我本是金枝玉葉帝王女，
　　　你講家法為哪般？
香蓮：先娶我來我為大，
　　　後娶你來你為偏。
　　　你就該下了金鑾車與我把禮見，
　　　論理論法所當然。

結果說得皇姑無言對答，暴跳如雷，只好施展她的淫威，後帳請出國太，對簿公堂。這時的香蓮更是藐視一切，不懼淫威，當著皇姑的面，指陳國太教女不嚴，搶妻奪子殺「結髮」，罪大惡極。後來，在包公的大堂上，她仍大義凜然，據理力爭。包拯在三道聖旨催逼下，也深感事情難辦，想息事寧人，給她三百兩紋銀了卻此案。但銀子又如何能買消她對負心人的反抗與鬥爭。她竟然在包青天的老爺大堂上，當著國太、皇姑、太監、侍衛的面，指出這是「官官相衛」，並喊出「從此不再把冤喊」的最強烈的呼聲。這一下，激怒了剛正不阿的包拯，寧可「卸去烏紗帽」，「撕開黑蟒袍」，拼著一命，鍘了陳世美這個當朝駙馬。秦香蓮終於取得了鬥爭的勝利，劇本也最後完成了這一光輝女性形象的塑造。

第二，請出了包拯這個鐵面無私的包青天，表達了人民群眾的意願和理想。

包拯是一個歷史人物，最早出現在戲曲舞臺上，是在元代北曲雜劇裡。從此，他成為一個舞臺藝術形象，後幾經民間藝人與舞臺演出的藝術再創造，成為人民心目中的理想人物。他能夠「與百姓雪沉冤」，秉公執法，鐵面無私，「鳳子龍孫也不饒」。《鍘美案》裡的包拯，既有歷史的繼承，也有在新的歷史條件下的豐富和發展，有血有肉，血肉豐滿。他公正、明斷，「哪怕他皇親國戚，也難逃爺的虎頭鍘」。他在對陳世美的鬥爭中，也曾誠懇地勸他認了前妻及兒女，只是在陳世美堅持不認的情況下，才開堂審理，並當眾脫去了陳世美的駙馬帽。他清楚地知道，對駙馬的審理與公斷，必然要冒犯天子，但他不怕降罪，敢於伸張正義。後來皇姑的取鬧，國太的淫威，以至又搬得聖旨，他仍以理力爭，絕不退讓；待到三道聖旨下達，他在實在難以下手時，也出現過思想上的一度動搖，想以三百兩紋銀讓香蓮了卻這一案件；後來在香蓮的反對下，才最後下了決心，開鍘結果了忘恩負義的陳世美。作者正是通過包拯這一形象和他的「鍘美」，極大地加強、深化了這本戲的思想性。它受到普遍歡迎以至成為典故，應該說原因也在這裡。

壯族詩人黃煥中

在近代文學史上，愛國主義始終是詩歌旋律中的最強音。組成這一文學基調的詩人，不僅有啟蒙維新志士和革命黨人，還有眾多的少數民族作家。壯族愛國詩人黃煥中，就是其中較突出的一位。

黃煥中（一八三二—一九一二年之後），字堯文，號其章，廣西寧明縣人。他家境貧寒，幼遭大劫，出生才四個月，父親即被土官害死。靠母親林氏撫養成人，繼承亡父的遺志，學習勤奮。他性聰慧，喜讀書，成為一名貢生。生活境遇的不幸和刺激，使他渴望打破壯族土官的愚民統治政策，於是興辦教育，以開民智。他和鄉里的志士們共同創建思齊書院，親自教授學生，取得了鄉民的信任和尊敬。五十歲左右，受聘於抗法名將劉永福，從廣西到越南，從閩南到臺灣，前後二十多年，他東奔西馳，為保衛南國邊防、抗擊外國侵略者做出了一定的貢獻。

黃煥中是一位愛國詩人，他著有《天涯亭吟草》，收詩歌四百餘篇，但早已佚失。今存詩歌大多散見於地方文獻《思樂縣志》、《寧明耆舊詩輯》等典籍中，大約有三百首左右：律詩一百四十餘首，絕句一百三十餘首，以及少數歌行長篇。

當太平天國在廣西興起後，詩人作為封建儒家思想薰陶出來的知識分子，雖然同情備受剝削壓迫的農民，但並不贊同揭竿而起去造皇帝的反，遂參加了地方團練，十餘年留下幾十首感懷之作。這些詩大多具有較豐富的社會內容。如他的〈苦農行〉，繼承中唐新樂府的寫實精神，形象地描繪了壯族人民生活的苦難，深刻地反映了當時貧富對立的階級矛盾。對於官兵的搶劫淫掠，殘害人民的暴行，亦予以揭露和抨擊。詩云：

不幸為村農，一生多勞碌。

……

一家只八口，充飢僅蔬菽。
昨日糧已盡，兒女相號哭。
借貸苦無門，今日猶枵腹。

田主惡如狼，剝吸催租穀。
未容一陳情，拉去耕田犢。

詩人把飽受土官和地主惡霸壓榨盤剝、逼租催徵、戰死犧牲之下的廣大農民的悲慘命運濃縮在一位飽經滄桑的老農形象中。這首詩感情的強烈、構思的完整、形象的鮮明，都是值得稱道的，迴出於同時代其他壯族詩人同類作品之上。

黃煥中還是一位反帝愛國志士。一八八二年，經唐景嵩的勸導，黑旗軍首領劉永福以越南「三宣副提督」的身份接受清廷的招撫，黃煥中也從廣西地方團練轉到劉永福的戎幕，參贊抗敵軍務。此後，緊隨劉帥，從越北到粵東，從南澳到臺灣，直至賦閒欽州，晚年退職回鄉為止，前後二十年，東奔西走，籌策獻計，忠心不移。他將自己的抗敵行動熔鑄成充滿愛國激情的詩篇。如〈奉命巡邊有感〉八首、〈感時〉、〈旅幕感懷〉、〈秋興八首用杜工部原韻〉、〈越南貢賦有感〉、〈遠望九龍〉、〈感懷世事〉四首，或歌頌劉永福的英勇抗戰，或抒發自己的報國壯懷，尤其是對清政府賣國投敵的譴責和抨擊，更是不遺餘力。詩中洋溢著真摯濃郁的愛國熱情。如〈遠望九龍〉：

望眼抬時怒氣沖，高岡立馬草蔥蔥。
重洋駭浪鯨波惡，百里驚雷雁陣雄。
奮翮九天翻落日，斬蛟東海捲濤洪。
環觀宇內多英傑，龍馭烏雲虎嘯風！

這首詩作於光緒二十一年（一八九五年）。是年〈馬關條約〉簽訂，清政府將臺灣割讓給日本，黃煥中作為劉永福黑旗軍的參謀，被派往閩粵，向內地求援，抗日保臺。歸途中，詩人遠望九龍，面對波濤洶湧的大海，熱血沸騰，草成此詩。詩歌中豪盪的氣勢，澎湃的熱情，令貪夫自廉，懦夫自振。

當黑旗軍犧牲殆盡，劉永福僅攜將勇幕客數人倉皇內渡以後，這場可歌可泣的守土戰悲壯地結束了。此情此景，刺痛了黃煥中的心，他曾以大量的詩篇，作了毫無顧忌的抨擊，寫出哽咽難訴的憤痛。其中有〈感懷世事〉四首。如其二：

認仇作父豈徒然！異夢同床黯黯天。
家破守貧嫌寂寞，病深辭藥任纏綿。

嬌妝媿美瘢難掩，飲鴆還期命苟延。
欲挽殘棋收好局，滿盤零亂費周旋。

詩人把慈禧、李鴻章、孫毓文為首的投降派直斥為「認仇作父」，並揭露了清統治者在國破家亡、「遍野哀鴻」之日，飲酒宴樂、歌舞昇平的罪行。深刻的批判，尖銳的揭露，表達了詩人心中不可遏止的悲憤。

詩人隨劉永福內渡後，仍然留在軍幕中，在欽、廉邊防任上，賦閒度日，共計七年。他在這裡編輯了歷年的詩作，定名為《天涯亭吟草》，以紀念以欽州作基地的軍幕生活。此時，他寫過一些尋芳踏勝的作品，也都飽含著抑鬱的情懷。如〈鞏橋道中〉詩云：

貪看溪山按轡行，平疇十里好風迎。
晴初浣女清江濯，雨足村屯綠野耕。
啼鳥驚心淒怨極，落紅拂面可憐生。
愔愔情思誰堪說，聊遣奚囊伴獨徵。

詩人此時雖賦閒度日，而面對甲午戰敗、戊戌政變、庚子之變等叢生之國故，情感潛流激湧，悲憤難平。

暮年的家國憂懷，使詩人寫出了一些格外沉鬱蒼涼的詩。有〈感時〉二首。其中一首：

莽莽乾坤竟陸沉，慘然泣下淚沾襟。
國權墮落悲何及，人事猖狂恨不禁。
大局瘡痍休用問，頻年禍亂迭相尋。
憂世我為蒼生嘆，世變如斯感喟深。

面對「大局瘡痍」、「國權墮落」的頹勢，詩人憂心如焚而又慨嘆不用於世，壯志未酬。詩風沉鬱而悲涼。

黃煥中在古稀之年離開欽州劉幕，歸老故鄉寧明，在龍洲城執教授徒，以了殘生。故鄉明淨的山水撫平了詩人滿懷的憂憤，因此他寫下了大量民歌體的竹枝詞。如〈龍州竹枝詞〉之七：

踏青山下採茶歌，姊妹相邀涉小河。
書院近來多士子，旋家莫向此間過。

詩人擷取了壯鄉青年採茶對歌的勞動生活細節，以戲謔的口吻，把男女青年對歌調笑的歡快情景和精彩場面表現了出來，富有喜劇色彩，充滿濃郁的生活氣息和地方特色，也體現了詩人熱愛生活、至老彌堅的至情至性。

黃煥中一生經歷坎坷，雖未做過高官，卻關注時局，富有正義感和愛國主義情懷，以高壽而終。他無論賦閒在家，還是戎佐軍幕，殺敵當前，都不改壯人歌唱生活、歌唱生命的天性，留下了近三百首詩篇。他那出自本民族質樸天然的文化特質、較少受漢族詩教文化束縛的樸質明淨、天然清麗的詩歌特色，為古典詩歌的近代化做出了自己的貢獻。

王闓運嗟歎圓明園

清末漢魏六朝詩派的首領王闓運，作為著名學者和清末最有成就的詩人之一，雖然論詩主張偏激，講究「詩必法古」、唐宋以下之詩不可學，但作為一位舉人出身的末世士大夫，儒教道統確乎給他樹立了修、齊、治、平的堅定信念，關注國計民生、熱愛國家、仁民愛物的情懷，言行如一、外圓內方的人格力量。當英法聯軍的獸行令堪稱世間文明奇蹟的圓明園化為灰燼時，當昏庸腐朽的清廷君臣逃難於熱河，棄百姓、基業於不顧時，王闓運，這位一向關注時事的復古詩人，奮而揮起詩筆，將滿腔的愛國激情和憂時憂民的悲憤傾瀉出來。今天，當我們讀了這首傷感沉郁的〈圓明園詞〉時，仍然為作者那傷世憫亂、同情百姓的仁者之懷而深深感動。

同治十年（一八七〇年）四月初十，王闓運與好友徐樹鈞、張雨珊，由駐守參將廖承恩做東道主，訪遊圓明園遺址。一路上只見殘壁斷垣，荒草叢生，宮樹荒涼，水鳴嗚咽。萬壽山周圍，牧童趕著牛羊往來於樹林間，砍柴的樵夫出沒在宮樹林苑之間。從早至晚，唯見滿目荒涼，荊榛遍野，狐兔出沒。一行人游至昆明湖，天色已晚，暮色中還能看到昆明湖橋頭上的銅犀牛橫臥在荊棘之中，犀背上皇上御題的銘文，清晰可見。次日，一行人又去拜訪守園的太監董公公。在董太監的導遊下，依次憑弔了勤政殿、光明殿、壽山殿、太和殿四殿遺址，又遊訪了前湖，憑弔了園中後妃、太子、皇子的寢宮。東遊到了蘇堤、長春仙館等遺址，東北行至香雪廊，只見蘆葦蕭蕭，冷落淒涼。西北去了雙鶴齋，正碰上老宮人趕著豬羊群回圈。復東行到了碧桐書院，樓宇損毀難尋，一行人才止住腳步，便又聽董太監訴說宮中舊事。四人頗生黍離之悲，其淒涼、傷感可與元稹「白頭宮女在，閒坐說玄宗」之感慨相仿佛。遂辭別董太監，返回廖承恩宅，再敘賓主之歡。酒酣之際，張雨珊知道落第消息後，悵然歸鄉，王闓運與徐樹鈞也告別廖承恩，各自回寓所。然而終覺著心中憋著點兒什麼，二人經常往來，酌酒敘懷。終於有一天，二人明白過來，是那日憑弔圓明園後的一腔悲憤、愴然，如鯁在喉，不吐不快。於是，王闓運操起如椽大筆，一氣呵成洋洋灑灑一百二十六句的七言歌行〈圓明園詞〉，而徐樹鈞則如當年陳鴻為白居易的〈長恨歌〉寫下〈長恨歌傳〉那樣，因感嘆王闓運〈圓明園詞〉一詩寄慨深邃，情感濃郁，為使詩歌長久流傳下去而沒有缺憾，便將此次憑弔圓明園之行詳細記述了下來，同時穿插補敘了咸豐皇帝之前清朝歷帝幸於圓明園的往事，還記載了英法聯軍攻打京津、太平天國崛起於江淮間的史實。作為《圓明園詞》一詩的補充，寫成序文，附在詩前，與〈圓明園詞〉一詩互為表裡，和諧統一。

作為主體的〈圓明園詞〉，以七言歌行體概括而詳盡地描繪了圓明園創建之初、極盛時期、遭毀之後的昔盛今衰之滄桑變遷，寄託了作者感嘆國運日衰、朝政腐敗、生靈塗炭的悲天憫人的情懷。詩歌以描繪想像中園毀之前的美麗景觀開始，暗伏遊園的線索，依次描繪了以圓明園為行宮的清朝歷帝大興土木、耗費國庫、廣選後宮佳麗、遊獵宴飲、奢靡無度的生活情景，暗中諷刺清帝的豪華奢侈、好大喜功、耗空財力、用人不當，才導致了捻軍起義、洋人入侵、王公逃難熱河的殘破國勢。作者藉景抒情，在寫景中，融入史事，把太平天國動搖清廷皇基、天龍八卦教首領宋景詩坐大、英法聯軍進犯大沽口、焚毀圓明園、咸豐帝倉皇逃往熱河、簽訂恥辱的〈北京條約〉等史實，隱括在詩句中。而寫景、敘事是賓，抒情、感慨是主，作者把自己濃烈的愛國之情，傷時之歎，憫亂之懷，通過富有主觀感情色彩的景物描寫和飽含愛憎褒貶的史實回顧淋漓盡致地烘託和渲染了出來。

作者在以景抒情時，並沒有忘記詩人的社會責任感和使命感，時時謹記著儒教詩學傳統中用詩歌諷諭時政的功能，每在關鍵詩句的後面，用小注加以說明、補充。比如諷刺咸豐皇帝沉溺於美酒女色、不理朝政時，詩中寫道：

宣室無人侍前席，郊壇有恨哭遺黎。
年年輦路看春草，處處傷心對花鳥。
玉女投壺強笑歌，金杯擲酒連昏曉。
（上既厭倦庸臣，罕所晉接，退朝之後，始寄情於詩酒，時召妃御，日夜行遊也。）

詩歌正文化用漢文帝不用賈誼的典故，暗諷咸豐不聽朝政，耽於女色，言辭還算委婉含蓄，而詩後小注則直露大膽多了。諸如此類，還有很多。同時，作者在詩中還表現出了卓越的政治眼光和歷史見識。如詩歌在歷數清帝擴建圓明園、耗空財力時寫道：

吏治陵遲民困慵，長鯨拔浪海波枯。
始驚計吏憂財賦，欲賣行宮助轉輸。
（道、咸間理財諸大臣，專好金銀，欲其堆積。沉吟五十年前事，厝火薪邊然已至。國家之亂，始於乾隆末政。）

作者深刻認識到，道光、咸豐年間表現出的衰敗之象，其禍根早已在乾隆末年種下，表現出其敏銳的政治眼光和深邃的歷史見解，可謂一針見血。

詩歌在最後以屈原之高潔寄望於朝中有識之士，追昔撫今，痛惜同治皇帝大婚耗費千萬，更使虧空的國計民生雪上加霜，點出了作詩的宗旨：

廢宇傾基君好看，艱危始識中興難。
已懲御史言修復，休遣中官織錦紈。
錦紈枉竭江南賦，鴛文龍爪新還故。
（制後寶衣，上合珠玉值十萬金，已用了六萬，成其半。……唯應魚稻資民利，莫教鶯柳斗宮花。）

詩後小注所言皇后製衣之費，批判力量比白居易〈買花〉中「一叢深色花，十戶中人賦」還要強烈。作者傷時憫世，關心民生疾苦的高尚情懷於此可見。

這首詩如徐序中所評「傷心感人」、「通於情性」。作者繼承了〈長恨歌〉和〈連昌宮詞〉等唐詩抒情敘事的優秀傳統，並有所發展，在抒情寫事中寄託了自己深刻的愛國憫民的情懷，表達了自己深刻的歷史見識，表現出沉鬱悲涼的風格，確實是一首優秀的七言歌行。

近代四大詞人之首王鵬運

古今中外許多著名的文學家、詩人大都有一個共同的體會：逆境在一定程度上成就了作家的文學事業。這也就是我們常人所說的，憂憤出詩人。作為號稱近代四大詞人之首的王鵬運，其巨大的詞作成績，就和他那遭遇坎坷的生平大有關聯。

王鵬運（一八四九—一九〇四年），字幼霞，一字佑遐，號半塘，晚年又自號鶩翁。祖籍浙江紹興，其先人遊宦廣西，遂為臨桂（今廣西桂林）人。同治九年（一八七〇年）舉人。歷官內閣侍讀、監察御史、禮科給事中。光緒二十八年（一九〇二年），罷官南下，寓居江蘇，主講揚州儀董學堂，不久即病故於蘇州兩廣會館。

王鵬運的一生，曲折坎坷，總有不幸之事如影隨形，真真是命運乖戾。讀書求仕，僅止於舉人出身，未能登進士第，終生為憾；生子未及成年便已早夭，失子之痛，銘心刻骨；

人到中年，髮妻去世，喪偶之悲，天地同哭。常人所謂人生三大悲哀中的兩項都讓他碰上，實在是命運捉弄好人！如果僅僅是個人生活中的家門不幸倒也罷了，偏偏是下雨又逢屋漏，王鵬運在數十年的仕宦生涯中也遭遇不順。身歷數職，總與當道者不和；出任御史，職掌諫臺，皆因直言諫諍、屢屢彈劾權貴而幾遭不測，最終被罷官放還。所幸的是，這一系列內外交困的不順，沒有擊倒詞人，反而使他詞作中增添了憂憤的激情。加之他經歷了太平天國、甲午戰爭、戊戌維新、庚子事變等一系列大的社會變故，深沉的情感和豐富的經歷，使他的詞作擁有了充實的思想內容，自有一股抑塞磊落之氣。個人家世的不幸和政治失意的悲涼匯聚成滿腔憂憤，熔鑄成詞，便是詞集《袖墨集》等九種，晚年時，自己刪定為《半塘定稿》。

作為清代四大詞人之首，王鵬運的詞學成就表現在諸多方面。他二十歲以後專力於詞學，大力提倡詞的創作。其詞學承常州詞派的餘緒而發揚光大，理論上，他崇尚體格，主張「重、拙、大」，崇尚豪放派風格，而又推重蘇軾，曾經說「詞家蘇辛並稱，其實辛猶人境也，蘇其殆仙乎」！從理論上著力提高豪放詞的地位。

王鵬運還用自己的詞作主張和創作經驗去影響他人。其同鄉、四大詞人中的況周頤在其《蕙風詞話》中的許多觀點即源於王鵬運。著名詞人文廷式、朱孝臧等也曾受教於他。故而葉恭綽評價他「轉移風會，領袖時流」，譽之為「桂派先河」。

王鵬運在詞學典籍校刊方面頗有建樹，成就卓著。他用近三十年的精力，校勘了南唐至宋元五十家詞集及《花間集》等詞作總集和詞學論著，匯刻為《四印齋所刻詞》和《宋元三十一家詞》。可以說，晚清大規模匯刻前人詞集，由他而始。王鵬運所刻之本，多取之善本，蒐羅豐富，勘校詳審，對晚清詞學之興起，起到了重要的推動作用。這種圖書版本方面的貢獻，顯示了他在晚清詞壇上的重要地位。

王鵬運的詞創作，主要是敘寫清末時事，抒發個人遭遇、身世之悲，寄託懷才不遇的苦悶和關心時事民生的胸懷，頗有蘇、辛豪放之氣，沉鬱頓挫，慷慨悲壯。其《半塘定稿》中的詞作，基本上以時間順序結集。

《袖墨集》、《蟲秋集》在《半塘定稿》中，屬王鵬運早期作品集，是他初學填詞時與同僚端木采、許玉琢、況周頤等友人互相切磋、磨練詞藝的結晶，從中可看出受到端木采詞風影響的痕跡。兩集題材稍嫌狹窄，多為思念親友、寄託身世感慨之作，風格綿密委婉。寫得較好的如〈念奴嬌·登暘臺山絕頂望明陵〉，感嘆國運日衰，滄桑無情，飽含興寄。

《味梨》、《鶩翁》、《蜩螗》、《校夢龕》等集，寫於甲午戰爭和戊戌變法時期。甲午戰爭中，王鵬運屬主戰派，曾多次上疏彈劾李鴻章、孫毓汶、徐用儀等投降派。一八九五年，王鵬運與康有為相識，並參加強學會，參與變法維新。曾因上疏反對慈禧及光緒帝長住頤和園而險些喪命，又曾代康有為上疏彈劾徐用義阻撓新政，徐因此被罷官。甲午戰爭之前和中方戰敗後，他都將一腔愛國熱情寄託在詞作中。變法成敗，國事盛衰，也激盪著詞人的心靈，因而，這一時期的詞作，其社會內容更為廣闊、深厚。代表作有〈水龍吟〉、〈鶯啼序〉、〈念奴嬌〉等。其中，〈滿江紅・送安曉峰侍御謫戍軍臺〉一詞，為敢於仗義執言批評慈禧、李鴻章的御史安維峻（字曉峰）壯行色，高度讚揚了安氏的愛國氣概和指斥權貴奸佞的膽識，為安氏的被貶戍邊而鳴不平，可與南宋愛國詩人張孝祥、張元幹的壯詞相媲美。這時期的詞，除了早期的綿密委婉的特點外，又增添了沉鬱悲涼的成分，讀之令人悲慨不已。

一九〇〇年，八國聯軍入侵北京，慈禧由宣化、大同逃往西安。王鵬運滯留京城，與朱祖謀、劉福姚於宣武門外住處相約填詞，寫成《庚子秋詞》二卷。詞人在詞作中指斥那拉氏的亂政誤國，批評光緒帝軟弱無能，揭露八國聯軍焚掠北京的暴行，譴責侵略者的強盜行徑，表現了山河破碎、國運日頹的銅駝荊棘之憂，寄託了作者深廣的憂憤和悲愴、淒涼的情感。這些詞大都寫得富有興寄，含蓄蘊藉，言近旨遠，沉鬱悲涼，頗有大家氣度，其關心國事、熱愛山河的赤子情懷真摯感人。家國之恨，黍離之悲，是他後期詞作的主調。

在晚清詞壇上，王鵬運繼承了蘇辛豪放詞以詞興寄、感嘆時事的傳統，將自己的個人不幸遭遇、國勢衰敗、民族危亡的現狀，以及由此引發的家國身世之悲通過憤激之筆傾瀉出來，具有深廣的社會內容和鮮明的時代特色，沒有吟風弄月，沒有脂粉氣，堪稱大家，不僅對於中興常州詞派有巨大貢獻，也為清末詞留下一份豐厚的精神財富。

義軍首領董福祥與西北秦腔

深秋，溝壑縱橫的西北黃土高原，莽莽蒼蒼，一望無垠。忽然，從陝甘寧交界處的一塊高坡上，傳來了一陣熱耳酸心的千板亂彈：

喝喊一聲綁帳外，
不由得豪傑笑開懷。

這聲音不僅劃破了長空，而且迴腸盪氣，遏雲振林。在這兵刃相交、血光劍影的戰場上，為什麼會響起秦腔？這又是什麼人為此發瘋？原來事出有因。

同治八年（一八六九年），走馬上任陝甘總督的左宗棠，親自率領自己招募的淮軍，從江浙前線趕赴西北黃土高原，攻打勢不可遏的西北回民起義軍。由於他的兵強馬壯，裝備精良，因此，屢屢得勝。同年秋末冬初，他的大軍就逼近陝甘交界處的安民（今慶陽）、固原，並同義軍在董子原一帶進行了一系列的激烈戰鬥，很快就收服了鎮靖等許多鎮堡的義軍。在一次短兵相接的戰鬥後，左宗棠和他的部下劉錦棠的軍隊，竟把擁有十萬大軍的董福祥義軍，團團圍困在鎮靖堡。義軍見自己損失慘重，最後掛起白旗，向官軍投降。

為了殺一儆百，左宗棠下令將義軍首領董福祥處決。當他看到董福祥被綁赴刑場時，仍一副桀驁不屈、跋扈難製的樣子，非常憤怒，覺得留下了這種人，定會造出許多麻煩。劉錦棠等苦心相勸，他仍難釋盛怒。說：「斬首示眾，根除後患。」幾個淮軍，遂把董福祥押解到一處高坡上。湘軍喝令他跪下，他卻頭高揚，胸挺肩聳，睜大眼睛，橫掃湛藍的天空；幾個人硬按他下跪，還按他的頭，抓那衝冠的頭髮，但卻難以如願以償。臨斬的時候，押解的兵丁給他解了髮辮，鬆了綁。董福祥這時把頭髮一甩，昂首看天，見莽莽的黃土高原，一片蒼茫，挺拔的白楊樹，個個精神抖擻，直刺高空，幾年的戎馬生涯，無數次的殺砍、戰鬥全都湧上心頭，不由得放開喉嚨，激情難卻地放聲高唱起自己的家鄉戲——秦腔來。這就是開頭說的那兩句唱。似乎唱了一遍，還不過癮，就邁開大步，昂首又唱了一遍：

喝喊一聲綁帳外，
不由得豪傑笑開懷。

隨即面對蒼天，哈、哈、哈大笑三聲。這三聲，喝喊得整個高原地動天搖，群嶺激盪，眾壑迴響，似乎整個世界都在喝喊。接著又唱道：

雄信本是奇男子，
昂首闊步朝前邁。

他一邊唱，一邊大搖大擺地邁開雙腳，穩步向前。那腳步聲幾乎能把那結實深厚的黃土高原，踏出令人難以置信的腳印來。秦腔板路的聲情激越，也給他渾身增加了無限膽量。那視死如歸、無所畏懼的英雄氣概，也在這幾句唱腔中，擲地有聲，浩氣凜然。坐在他對面的左總督，聽了他這幾句干板亂彈，看到他那西北漢子的英雄氣概，起先那滿腹的氣憤，立時煙消雲散。尤其是那「雄信本是奇男子」一句，加上那衝冠怒目、凜然不可侵犯的情勢，使左總督十分感動，也使他迅速改變初衷。說時遲，那時快，行刑的淮軍掄起大刀，使出勁，正欲朝他頸部砍去，忽然聽到總督一聲令下：「住手！」又看到他免斬手勢的一揮，不知所措。這時左總督也從座椅上站了起來，向董福祥走來，在董福祥跟前五六步的地方，站定，說：「我為單將軍壓驚！」

其實，左總督對上述情況看在眼裡，記在心頭。他是從心底裡佩服這一西北漢子的大義凜然，視死如歸。他入戲了。他把自己當做戲中斬單雄信的「李世民」，深受感動，就學著秦王李世民的「識人善用」，立即令兵丁給董福祥鬆了綁，並端出一大碗燒酒，遞給他喝。董福祥不哼聲地接過酒，又是一個昂頭一飲而盡，隨手把碗扔在地上。左總督立即傳令，奏賞他為劉錦棠的副將，隨大軍西進，攻打金積堡馬化龍義軍。

董福祥唱的是什麼戲？唱的是秦腔傳統戲〈斬雄信〉。

秦腔，又名秦聲，俗稱陝西梆子或桄桄子，是西北五省區共同的地方戲曲。它是在遼闊的西北黃土高原曠野牧歌基礎上形成的。它以「駟鐵車轔」的秦聲為基本唱腔，具有高亢激越、粗豪悲昂的藝術風格。它最先採用了板式變換體的音樂曲式結構，從而把音樂唱腔同劇本的故事內容巧妙而有機地結合起來。所謂「板式變換體」，簡稱「板腔體」，就是以一組七字或十字上、下句為基礎，在變奏中，突出節拍和節奏變化的作用，用各種不同的板式（如一眼板、三眼板、有板無眼板、無板無眼板等）的自由聯結與變換，作為構成整個戲曲音樂表述的基本手段，以表現各種不同的戲劇內容與情緒。它與宋元時期的北曲雜劇、南曲南戲和明清兩代傳奇的「曲牌聯綴體」（簡稱「聯曲體」），共同成為中國戲曲的兩大音樂體系與曲式結構。前者卻比之後者有許多優點。特別是在一段唱腔中，可以由幾十對上、下句組成，也可以由一兩個上下句組成，這樣，劇情的發展與唱腔，都有了一個可以自由伸縮的餘地，敘述也可以一板一眼、原原本本地道出，唱詞又通俗、質樸、本色，很容易聽得明白。當時人說：「易入市人耳目。」

秦腔歷史悠久，大約形成於我國古代社會經濟、政治與文化藝術都得到充分發展的唐代，宋代稱為「串梆子」，金元時得到進一步發展，到明代日益定型成熟，清代在「花雅之爭」中，曾鬥倒雅部崑曲，成為「劇壇盟主」。當時出現了魏長生那樣的秦腔藝術大師，更使它「清遊名播大江南」、「海外咸知」（吳長元《燕蘭小譜》）。道光、同治年間，在京師（北京）曾與崑曲、京腔同臺演出，並帶動了京劇（時稱皮簧戲，後又稱平劇）的形成與發展，繁衍出一系列梆子聲腔劇種。明清兩代積累了兩千多本劇目。由於它的角色齊全、表演手段豐富，又長於悲劇與正劇的演出，深受西北廣大人民群眾的喜愛，是西北地區人民群眾喜聞樂見的具有中國風格與中國氣派的地方戲。

〈斬雄信〉又名〈斬單童〉，是秦腔著名的傳統劇《斬五龍》中的一折，經常單獨演出。寫的是隋末瓦崗寨起義眾英雄的故事。劇本著力塑造了單雄信的慷慨赴義、寧死不屈的英雄形象。

董福祥（一八四〇—一九〇八年），寧夏固原人，字星五。從小深受秦腔的薰陶，是一個地道的秦腔迷。青少年時，不論是開荒種地、趕腳上市，還是閒聊走路，總喜歡哼幾板亂彈，肚裡記熟了不少戲。同治元年（一八六二年）陝甘回民大起義時，他在家鄉也舉起義旗，起兵安民（今慶陽），有兵馬十餘萬眾。活動中心是花馬池（今寧夏鹽池）一帶。一八六九年降左總督後，所部董字三營，隨即跟左軍西征，輾轉甘肅、青海、新疆等地。曾經升為南疆總兵，駐防喀什。也就在這個時期，一批陝甘回民再西進，流落哈薩克與吉爾吉斯一帶，定居營建了陝西村。至今，他們中的不少人，仍會唱幾句秦腔。董福祥一八八七年調防北京。

一九〇〇年，八國聯軍侵犯北京，他帶領禁軍，殺死日本公使，攻打各國駐京使館，顯示出高度的愛國主義精神。後又率禁軍隨從慈禧太后西逃到西安。不久，病逝。

近代翻譯家林紓與「林譯小說」

中國近代文學史上翻譯最多的是小說，翻譯小說成績最大的是林紓（一八五二—一九二四年）。康有為詩云：「譯才並世數嚴林。」把林紓與中國最著名的翻譯家嚴復並提，可見他在翻譯界的地位，他的譯作被人稱為「林譯小說」，均以古文寫成。

林紓自幼勤奮好學，有很好的文言文修養。光緒二十三年（一八九七年），他的夫人劉瓊姿病逝，這使他陷入憂愁寡歡之中。一個偶然的機會，友人王壽昌從法國歸來，為了幫助林紓排憂遣懷，他勸林紓與他共譯小仲馬的名著《巴黎茶花女遺事》。林紓不懂任何一門外語，靠口譯者解說進行翻譯。在翻譯《茶花女》的時候，林紓將激越的情感傾注於筆端，「至傷心處，輒（與王壽昌）相對大哭」！作為第一部被介紹到中國的外國名著，《茶花女》在社會上激起了強烈的反響，一時不脛而走。這次的一舉成功使林紓對翻譯產生了巨大的興趣，從此一發不可收拾。

此後林紓每年都有譯作出版，與王壽昌、魏易、陳家麟、毛文鐘、王慶驥、王慶通、嚴璩、曾宗鞏、李世中等人合作，翻譯了外國文學作品一百八十餘種，涉及英國、法國、美國、俄國、希臘、日本、比利時、瑞士、挪威、西班牙等十多個國家的作品，共一千二百餘萬字。作為一位不懂外文的人能譯出如此多的外國小說，這是中國翻譯史上一個獨特的文學現象，值得我們去深入地研究並作出正確的評價。

林譯小說中被認為譯得較好的有：《塊肉餘生述》、《孝女耐兒傳》、《滑稽外史》、《賊史》、司各特的《撒克遜劫後英雄略》、華盛頓・歐文的《拊掌錄》、蘭姆的《吟邊燕語》、小仲馬的《巴黎茶花女遺事》、斯託夫人的《黑奴籲天錄》、笛福的《魯濱遜飄流記》等，不僅是當時，即使在今天，這些譯作仍有它們的價值。

首先應該看到，這些作品為中國讀者打開了一個新天地，開闊了中國人民的生活視野和藝術視野，使他們了解到世界各地的自然風光、風俗民情以及資產階級物質文明和精神文明。更重要的是，它們使中國人民改變了對外國文學的看法。近代中國不僅政治經濟上閉關鎖國，文化上亦排擠西方文學，認為「西方只是船堅砲利，哪有李杜詩篇」的知識分子頗為普遍。在這種封閉的文化環境中，林紓認識到西洋文學的價值並不在我國的班固、司馬遷的作品之下，首開了翻譯外國文學的風氣。在文學體例上，林紓也吸收了西洋文學在形式、結構、語言和表現手法上的卓絕之處，打破了傳統的章回體形式和大團圓的結局。

雖然林紓是在翻譯，但他卻總是力圖通過序跋、評論、按語向讀者灌輸愛國主義思想。《黑奴籲天錄》就是最成功的一例，他以黑人奴隸的受虐控訴我旅美華工的備遭摧殘，在當時曾掀起一陣反美高潮。他譯《伊索寓言》時也寫下了許多飽含愛國激情的話。在帝國主義列強侵略中國、民族危機日益嚴重的情況下，林紓的這些舉措具有深刻的現實意義和激動人心的力量。

林譯小說的另一大貢獻是擴大了小說的題材，介紹了小說的流派和創作方法。在林譯小說中有愛情小說，如《茶花女》；也有家庭小說，如日本德富健次郎的《不如歸》；有社會小說，如疊更司（今譯狄更斯）的《塊肉餘生述》和《孝女耐兒傳》；有歷史小說，如達孚（今譯笛福）的《魯濱遜飄流記》；還有神怪小說、偵探小說、倫理小說、軍事小說、政治小說、諷刺小說等等，不一而足，較之古代以才子佳人、俠義公案和講史為主要題材的小說類型有很大進步。雖然林紓不懂外文，但因為他長期從事翻譯工作，對於西洋文學的流派也頗能辨識。在各大流派中，他特別推崇的是狄更斯的批判現實主義，稱讚狄更斯能以深刻而犀利的筆觸揭露出社會的醜惡，並把歐洲十九世紀以狄更斯為代表的批判現實主義作家同中國的「譴責小說」作家聯繫起來，在當時，能認識到這一點是非常難能可貴的。基於改良主義的思想，林紓還希望中國能出現狄更斯一樣傑出的批判現實主義作家，並將其創作方法向中國國內介紹，可見林紓開放的文化心態和卓越的鑑賞力。

林譯小說基本上保持了原作的藝術風格、創作基調，而且文筆生動，富有表現力，有時還給原作添油加醋，如他所譯狄更斯的作品就增加了原作的幽默感，雖不足為翻譯界稱道，但的確「錦上添花」了。這是林譯小說的一大特色。但由於譯者鑑賞能力所限，林紓翻譯了大批毫不起眼的平庸之作，甚至漏譯、錯譯。最可笑的是他將易卜生的戲劇譯成了小說，將兒童讀物譯成了筆記體小說。不過這些不足以抹殺林紓介紹世界文學的功勞。在一定程度上，林紓所用的「古文筆法」限制了林譯小說在一般讀者中的影響，而且到了後期，他的譯作不再認真嚴肅，逐漸失去原來奪目的光彩，思想退化更為嚴重，在《魔俠傳》中出現了攻擊革命黨人的言詞。這主要是由於林紓自幼所受的儒家禮法和程朱理學教育的影響。在新文化運動中，林紓更是強烈地反對使用白話文。

雖然如此，林譯小說仍不失為中國近代文學史上一顆璀璨的明珠。它們所體現的反對民族壓迫、爭取民族獨立、拯救祖國危亡的愛國主義思想，追求個性解放、人格獨立和愛情自由的進步思潮，反對種族歧視、欺凌弱者的人道主義精神，以及其創作方法、寫作技巧，對中國近現代文學有著顯著的良好的影響。現代許多著名作家均受過「林譯小說」的重要啟示，並在青年時代都曾有過喜愛林譯小說的階段。魯迅兄弟倆對於「林譯小說」就十分喜歡：「我們對於林譯小說有那麼的熱心，只要他印出一部，來到東京，便一定跑到神田的中國書林，去把它買來。」看過之後魯迅還用硬紙裝訂。錢鍾書回憶：「商務印書館發行的那兩小箱《林譯小說叢書》是我十一二歲的大發現，帶領我進入了一個新天地。」郭沫若回憶說，「林譯小說」不僅是他「嗜好的一種讀物」，並且對他爾後的文學創作還有很大的影響，司各特的《撒克遜劫後英雄略》當中的浪漫主義精神深深地影響了他後來的文學創作方法。茅盾、冰心、胡適、朱自清都非常喜歡林譯小說。

如此說來，林譯小說儘管存在不足，但總體上是應該肯定和學習的。

嚴復的《天演論》譯著與詩文

嚴復（一八五四—一九二一年），又名宗光，字又陵、幾道，福建侯官人。他是第一個較全面、系統地把西方資產階級經濟、政治學說和學術思想介紹到中國來的資產階級啟蒙思想家。他出身書香門第，其父是當地名醫，死於一八六六年。嚴復自幼聰敏好學，十歲時投師黃少岩門下，接受嚴格的封建教育。在老師的嚴格訓練下，嚴復打下了扎實的舊學基礎，能寫一手漂亮的古文。父親去世後，家道中衰，無力走「科舉正路」，報考了洋務派沈葆楨創辦的海軍學校——福州船廠附設的馬江船政學堂，以第一名的成績被錄取。在此期間學習數、理、化、地質、天文及英文、馭船術等，共學五年。一八七一年他十八歲時，以優異的學習成績畢業，隨即去海上實習。

一八七七年，他又被派往英國留學。學習期間，他除了學習海軍之外，還對西方資產階級的哲學和社會科學產生了濃厚的興趣，閱讀了大量英、法著名資產階級學者的著作，如達爾文的《物種起源》、赫胥黎的《天演論》、斯賓塞的《群學肄言》、亞當．斯密的《原富》、盧梭的《民約論》、孟德斯鳩的《法意》以及約翰．穆勒的《群己權界論》等，這為他後來翻譯介紹西方社科名著奠定了思想基礎。與此同時，他還全面考察了西方資本主義社會的各個方面，努力探索其富強的原因，尋求振興中國的道路。一八七九年，嚴復學業未完，因國內極需人才，他被抽調回國，在天津北洋水師學堂執教達二十年。

一八九四年，日本帝國主義挑起蓄謀已久的侵略戰爭，甲午之戰爆發。由於清政府昏庸無能，一部分將領貪生怕死，結果陸軍損失慘重，海軍全軍覆沒。一八九五年，清政府被迫與日方簽訂〈馬關條約〉，大大損害了中華民族的利益與尊嚴。日本的陰謀得逞後，西方列強不甘落後，於是掀起「瓜分中國」的狂潮。面對危亡局面，統治者麻木不仁，封建遺老則抱殘守缺，盲目自大。頭腦清醒的嚴復對此局面焦慮萬分。他決心利用手中的筆去做思想啟蒙工作。於是，他接連發表許多文章，主張學習西方，實行改革。同時，他開始系統地翻譯介紹西方資產階級的社會學、經濟學和邏輯學著作。在眾多的譯著中，《天演論》是他的代表譯著。

《天演論》翻譯於一八九五—一八九八年間，所譯內容是英國生物學家赫胥黎的宣傳達爾文主義的論文集《進化論與倫理學及其他論文》的一部分。嚴復用文言文意譯，並且加了二十九條按語，或解釋發揮原著的論點，或介紹西方學術流派的情況，或結合當時中國的實際表明自己的政治見解。上卷十八篇主要講生物與人類社會的進化發展，下卷十七篇主要論述哲學和宗教問題。

嚴復介紹赫胥黎來自達爾文的生物進化基本理論是：「以天演為體，而其用有二：曰物競，曰天擇。世萬物莫不然，而於有生之類為尤著。物競者，物爭自存也，以一物以與物物爭，或存或亡，而其效則歸於天擇。天擇者，物爭焉而獨存。」就是說宇宙萬物都是發展變化的，生物更是如此，變化的主要原因在於生存競爭與自然選擇，這是生物進化的規律。

嚴復從當時中國內受封建專制統治、外遭西方資本主義侵略，國弱民貧的社會現實出發，本著向西方尋求救國良策、拯救民族危亡的愛國思想，對赫胥黎和斯賓塞的進化論各有取捨。他贊同斯賓塞的普遍進化觀點，認為人類社會是自然界的一個組成部分，物競天擇的生物進化規律同樣適用於人類。嚴復反對赫氏的倫理學，但對赫氏關於人能夠「與天爭勝」的觀點十分推崇；他贊同斯賓塞普遍進化的觀點，但對斯氏的「任天為治」觀又持否定態度。

在中華民族生死存亡的嚴重關頭，嚴復翻譯的《天演論》為國人敲響了警鐘，為改良派維新變法提供了進步的思想依據。

《天演論》初稿完成後，就得到了當時著名文人吳汝綸的欣賞。正式出版後，吳汝綸親手撰寫序言，並親筆用蠅頭小楷抄錄副本加以珍藏。吳汝綸的宣揚、譯著本身的精深博大使它廣泛流傳、風行海內，先後出版發行過三十多種不同版本。康有為、梁啟超、黃遵憲都對《天演論》極力讚賞。就是五四時代誕生的一代文化巨人也深受此書影響。魯迅青年時代十分喜歡《天演論》，在南京讀書期間，放在枕邊，反複閱讀，愛不釋手。

嚴復的《天演論》是中國近代正式介紹西方資產階級理論的具有很高學術價值的第一部譯著。《天演論》大開中國知識分子的眼界，激發了一代又一代知識分子的愛國熱情。這部譯著在中國文化史上留下了閃光的一頁。

嚴復不光精通西方文化，是一位成就卓著的大翻譯家，他也熟悉中國傳統典籍，善寫詩文。

嚴復一生創作了大量的詩歌，流傳下來的有三百多首。在長期的詩歌學習和創作實踐中，他也形成了自己的詩觀，他傾向於唯美主義，主張為藝術而藝術，認為詩歌是無用之物，他甚至說：「嗟夫！詩者兩間至無用之物也，饑者得之不可以為飽，寒者得之不足以為溫，國之弱者不可以為強，世之亂者不可以為治。又所謂美術之一也。美術意造而恆超夫事境之上，故言田野之寬閒，則諱其貧陋；……其為物之無用而鮮實乃如此。」同時，他又認為「詩之於人，若草木之花英，若鳥獸之鳴嘯，發於自然」。也就是說，詩歌是人的思想感情自然流露的結果。總體上看，他的詩以應酬之作為主，但也有一些詩是言志抒情的。如〈戊戌八月感事〉這首詩，寫於光緒二十四年（一八九八年）九月。當時，以西太后為首的封建頑固勢力，發動政變，鎮壓了變法運動，囚禁了光緒帝，殺害了「戊戌六君子」，百日維新失敗。嚴復本對戊戌變法抱有很大希望，面對現實，他憂心忡忡，感慨萬端，揮筆寫下該詩，以抒寫悲憤的情感：

求治翻為罪，明時誤愛才。
伏屍名士賤，稱疾詔書哀。
燕市天如晦，宣南雨又來。
臨河嗚犢嘆，莫遣寸心灰。

詩中流露出詩人對封建頑固派的強烈不滿、對名士罹難的同情，但也反映出他對頑固派尚未有清醒認識，最後一句表明自己並不因此而灰心喪氣。〈和荊公〉是一組詩中的一首，寫於光緒三十四年（一九〇八年）。嚴復之所以和王安石的詩，是因為他一方面欽慕這位偉大的改革家的氣度，另一方面他與王安石的思想有共同之處。詩中寫道：「無懼真為寶，非茲不得生。禪門講座下，所得盡平平。國破猶能戰，家亡尚力耕。生天成佛者，都是有犧牲。」詩人面對清末帝國主義虎視眈眈、中華民族處於生死存亡之秋的局面，堅定地認為，只要不怕犧牲，提倡法家思想，實行耕戰政策，救亡圖存的大業就能夠實現。詩中表達了詩人深切的憂國憂民的思想感情。從以上兩首詩，我們以管窺豹，可以了解嚴復詩歌的大體特色。

嚴復一生寫了不少散文，這些散文以議論文為主，在藝術上講究「修辭之誠」，「辭達而已」。嚴復的散文，內容十分廣泛，涉及政治經濟文化以及社會風習等，文章意氣風發，鋒芒畢露，氣勢充沛，感人至深，對當時社會的發展起到了積極推動作用。由於嚴復散文風格獨特，思想深刻，當時風靡海內外，影響極大。

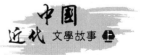

文壇獨行俠：文廷式

晚清時期，清帝國被東西方列強的砲艦打開了國門，隨著與東西方各國交往的不斷增多，文化交流表現出與前朝不同的情形。一些因公出使外國或流亡異域的文人士大夫，用傳統的文學樣式——詩詞，或抒寫異域見聞風情，或寄託鄉國之思，這在以前各封建王朝如唐宋元明的文壇上是不多見的。其中比較著名的作家，前者如黃遵憲，數度出使日美英等國，寫下大量出使紀行之作；後者如文廷式，因得罪慈禧而被迫流亡日本，寫下大量有關異域新事物、新思想的詩詞，兀然特出，獨樹一幟，是不以流派相屬的。他既非詩中之漢魏六朝派、同光體，亦非詞中之浙西、常州諸派，彷彿武林高手中之怪傑，特立獨行，堪稱文壇獨行俠。

文廷式（一八五六—一九〇四年），字道希（亦作道溪、道羲），號雲閣（一作芸閣），又號羅霄山人、薌德，晚號純常子，江西萍鄉人。少時聰慧過人，曾寄寓廣州，光緒八年（一八八二年）舉人。以舉人出身赴京會試。才名譽滿京華，與王懿榮、張謇、曾之撰號稱「四大公車」。光緒十六年（一八九〇年），以一甲第二名進士及第，授翰林院編修，旋充國史館協修、會典館纂修。光緒十九年（一八九三年），充江南鄉試副考官。光緒二十年（一八九四年）擢升翰林院侍讀學士，深得光緒皇帝器重，又兼任光緒日講起居注官，還被光緒指定為珍妃的老師。因感光緒知遇之恩，屢屢上書言事，支持光緒，反對西太后干預朝政。光緒二十年（一八九四年），在甲午中日戰爭中，他力主抗擊，上疏請罷慈禧生日「慶典」，奏劾李鴻章「喪心誤國」，諫阻議和。光緒二十一年（一八九五年）七月，他與陳熾等人出面贊助康有為，倡立北京強學會，次年即遭後黨彈劾，被革職驅逐出京。戊戌變法時，他贊成康梁新法，認為「變則存，不變則亡」，主張「君民共主」，贊成維新。變法失敗後，后黨要拿他老賬新賬一起算。為免遭殺身之禍，他遠走日本避難，與日本詩人、學者游處，深為內藤虎等所推重。庚子（一九〇〇年）事變後，文廷式憂心如焚，自日本返回上海，與容閎、嚴復、章太炎等人，參加唐才常在上海張園召開的「國會」。唐才常起義失敗，文廷式被通緝「嚴拿」，此後流亡漂泊數地，貧病潦倒，於光緒三十年（一九〇四年）病卒於家鄉，年僅四十八歲。

文廷式學問淵博，貫通經史子集各派學術，被稱為雜家。著有《純常子枝語》、《琴風餘譚》、《聞塵偶記》、《羅霄山醉語》、《朴晉書藝文志》等十多種，記述當世的時事、人物，「能言人所不能言、不敢言」者。另有《文道希先生遺詩》、《文起軒詞鈔》等。

在晚清詩壇上，文廷式的詩別開生面。他的詩歌宗尚晚唐，但又不同於晚唐派，而多以寫時政、反映國外新事物、新思想為能事。其慷慨激憤之感情，非當時人所能及。他的〈暇閱西方史籍，於二百年內得三人焉，其事或成或敗，要其精神志略皆第一流也。各讚一詩，以寫余懷〉組詩，第一首〈俄羅斯帝大彼德〉稱讚彼德大帝：「遜荒藝術就，徙宅文明開。積錮鏟疇昔，英聲召方來。」引進西歐文明，使俄羅斯走上文明強盛之路。第二首〈法蘭西帝拿破侖第一〉稱：「布衣登皇極，智勇實蓋世。森然定國律，察物成達例……疾雷振山海，身敗名不替。」頌揚拿破崙確立法蘭西民主、法制政體的偉大功績，稱他是一位身敗名揚的偉大英雄。第三首〈美利堅總統華盛頓〉寫華盛頓：「立國賴神功，辭職鮮餘戀。規良足多，繼纂倘能善。」稱讚華盛頓開國之功以及不戀寶座的闊大胸懷。這些詩，獨選出西方文明史上三位創立新制度的偉人予以頌揚，表現了作者支持變法、渴望變革的開放胸懷。其他的如〈題埃及斷碑為伯希祭酒作〉、〈談仙詩〉等，皆寫域外事物、事理。這在同時代人中比較獨特。

文廷式其他詩作，則多涉政局、時事。如〈感事二首〉，借秦滅古蜀國及先秦名家之好談名實之異，批評當朝「求成謂之和，徒令武臣玩。割地諱言租，民氣愈消散。飾詞安其危，何以起衰懦。……百年多失計，二事可併案」。對清政府喪權辱國的內政外交進行了尖銳的批判。〈聞道〉、〈感事〉兩首詩，則嘲諷李鴻章「博望槎回應有意，盧龍賣盡始封侯」的賣國嘴臉。李代表清政府與日本簽訂〈馬關條約〉、與俄國簽訂〈旅大租地條約〉，喪權失地，令人不齒。〈辛丑新年〉則痛斥清室被迫接受八國聯軍〈議和大綱十二條〉的國恥，為光緒帝惋惜。〈中秋夜作〉哀悼戊戌六君子，〈落花〉組詩傷悼珍妃。此外，還有〈庚子七月至九月作〉、〈擬古宮詞〉等，皆與時事相關。在這些詩歌中，充分表現了作者主張變法強國，同情維新志士，反對後黨專權及列強瓜分中國的政治主張，展現了一個愛國志士精忠報國的責任感和使命感。那種在國難當頭，不顧個人安危榮辱，抨擊慈禧后黨，批判執政當局的大膽精神，言時人所不能言、言時人所不敢言，在當時詩人中是不多見的，堪稱偉岸卓絕，高標出世。錢仲聯在《近百年詩壇點將錄》中，將文廷式目作「馬軍五虎將」中之「天猛星霹靂火秦明」，稱他為「主張改良之政治家，學者，詞人，而亦詩人也。……集中如〈談仙詩〉、〈俄羅斯帝大彼德〉……，皆寫域外之事與理者，而措語淵懿，似非人境所及。〈夜坐向曉〉五絕：『遙夜苦難明，他洲日方午。一聞翰音啼，吾豈愁風雨。』借地球畫夜向背之理，與九域論胥之憂與風雷雞鳴之懷，二十字抵人千百矣。」這個評價堪稱公允。

清人學詞，多尊南宋，浙西詞派推崇姜夔、張炎，常州詞派取法吳文英、王沂孫，而於宋詞中蘇軾、辛棄疾豪放一路，卻鮮有後繼者。文廷式則於浙西派、常州派之外，另起一路，獨自振起，上承蘇、辛而力掃晚清柔媚細密之風，而又不為蘇、辛所囿，自成高格。文廷式十五歲學詞，自言「志之所向，不敢苟同」。他論詞自有主張。其一，重北宋而輕南宋，認為「詞家至南宋而極盛，亦至南宋而漸衰。其衰之故，可得而言也：其聲多曼緩，其意多柔靡，其用字則風雲月露紅紫芬芳」。浙西派視辛棄疾、劉過詞為仇讎，實為「巨謬」。其二，論詞尊詞體，反對「詩餘」之說。他認為：「詞者，遠繼《風》、《騷》，近沿《樂府》，豈小道歟！」大詞家應重在才思、情志、懷抱，而非聲律及一字短長之計較。其三，主張寫詞要「寫其胸臆」，要有真情實感，反對雷同和無病呻吟。他的詞作實踐，較好地體現了他的論詞主張。

文廷式是把詞當做詩一樣來寫的。因此，他的大部分詞作抒發家國身世之嘆，寄託報國之志。如〈水龍吟〉上片抒發「葡萄美酒，芙蓉寶劍，都未稱，平生意」的豪情壯志，下片結局「層霄回首，又西風起」暗寓對西太后弄權、西方列強虎視的國家局勢的憂慮。〈八聲甘州〉（送志伯愚侍郎……），則勉勵被後黨貶斥黑龍江的珍妃之兄志銳（字伯愚），雖為送別詞，卻寫得豪壯不凡。「問神州，今日是何年？」之語，表達了作者對國家前途的深深憂慮。

文廷式遭貶逐後，其詞風於豪壯之外，又添悲涼傷感之音。如〈賀新郎‧贈黃公度觀察〉、〈木蘭花慢〉（送黃仲弢前輩……）等詞，傷時感事，憂國之懷，以慷慨悲涼之調出之。其〈憶舊遊‧秋雁〉，抒寫被後黨迫害、流亡異域的孤寂。「望極雲羅縹緲，孤影幾回驚？」把流亡逃竄、驚魂不定的心情淋漓出之，淒涼傷感。其他如〈廣謫仙怨〉、〈鷓鴣天〉、〈祝英台近〉，或寫時事，或寄懷抱，或藉男女之情寄託身世遭遇，〈摸魚兒〉、〈永遇樂‧秋草〉、〈憶舊遊〉、〈賀新郎〉等，無一不關涉國事，直抒胸臆，豪壯中有悲涼慷慨之感。就是〈南鄉子〉之戲作，也以白話為詞，自成面目。文廷式這種豪放中不失婉約，學蘇、辛又自成風格的創作，在晚清詞壇上，異軍突起，獨樹一幟，有如其為人，令後世懷想不已。

著名詞人朱祖謀

戊戌變法，雖僅存百日而被慈禧太后扼殺在襁褓中，但維新派先驅們提出的改良體制、學習西方的變法圖強主張和探索真理的精神，終於薪盡火傳，後繼有人，清帝國不久即滅亡於同盟會員的辛亥槍聲中。作為戊戌新法中碩果僅存的京師大學堂，則開啟了近代大學教育的先河。若論起中國高等教育史，不能不提起京師大學堂：莘莘學子心中景仰的中國第一校北京大學；如要撰寫校史，更不能不提到京師大學堂。在清末舊式文人中，參與或同情戊戌變法的有識之士不在少數，而參與早期大學堂的籌辦、管理和教學的著名作家則不多。晚清四大詞人之一的朱祖謀，就是其中的一位。這位著名的詞人，不僅詞作直追南宋吳文英，而且躋身於京師大學堂兩大提調之一，名字赫然載於北京大學校史。這位早期大學的「高級教授」，一生多與教育有關。

朱祖謀（一八五七—一九三一年），原名孝臧，字藿生，一字古微，號漚尹，又號彊村，浙江歸安（今浙江湖州）人。少時即以神童聞名鄉里，年歲稍長，便以詩馳名當地。光緒八年（一八八二年）鄉試中舉，光緒九年（一八八三年）中進士二甲第一名，授翰林院庶吉士，改翰林編修，歷國史館協修、會典館總纂校。光緒十四年（一八八八年）任江蘇副考官。光緒二十二年（一八九六年）回京師，任侍講學士。這一年，任御史之職的大詞人王鵬運與況周頤、繆全蓀等，在北京發起成立咫村詞社，邀請朱祖謀入社，他遂棄詩而學習填詞。隨王鵬運系統學習了詞學的源流正變、各種風格流派幾近三年，詞作水平大進。光緒二十四年（一八九八年）八月，任京師大學堂提調官。光緒二十六年，庚子事變，京師大學堂在義和團的刀光火影中，被迫暫時中斷。八國聯軍入京，朱祖謀與王鵬運等，困居在王鵬運住宅，日日愁吟，相對唏噓，把對國事的憂憤訴諸筆端，撰成著名的《庚子秋詞》、《春蟄吟》等詞集。光緒歸京後，朱祖謀先後出任禮部侍郎、吏部侍郎。光緒三十四年（一九○四年）出為廣東學政，主持廣東地方教育。後與兩廣總督岑春萱政見不合，隨即辭官翩然而去。他往來蘇州、上海之間，在蘇州與鄭文綽交遊切磋，在上海與況周頤研討詞藝。一九三一年一一月二二日卒於上海，終年七十五歲。葬於吳興道場山。

朱祖謀在近代詞壇上具有很高的地位。他本擅詩場，經王鵬運引導、影響，轉而致力

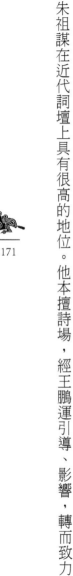

於詞。初學王氏，繼而研習兩宋詞，而學習吳文英，用功尤勤。王鵬運稱他得吳文英詞精神六百年來第一人。晚年又兼學蘇軾、辛棄疾詞，一生勤勉，熔鑄古今，海內稱為宗師。尤其精於格律平上，妙合詞律，王鵬運稱為「律博士」。其親手刪訂的詞集為《彊村語業》二卷，其門人龍榆生之補刻一卷，載入《彊村遺書》中。朱祖謀對詞史的另一大貢獻是校勘詞集。初與王鵬運合校吳文英《夢窗詞》，王氏去世後，他繼續校訂吳詞。同時不惜耗費心力，廣泛搜求唐、五代、宋、金、元詞凡一百七十三種，合刻為《彊村叢書》。又輯《湖州詞徵》、《國朝湖州詞錄》及專收同時代人詞集的《滄海遺音集》，在詞集的蒐集、整理、校勘上功不可沒。正如近人張爾田所高度評價的那樣：「樂府之有先生，而後校讎乃有專家。」他的《彊村叢書》，與清代萬樹的《詞律》、戈載的《詞林正韻》、張惠言的《詞選》，被合稱為清代詞學四盛。

朱祖謀早善詩名，出身進士，仕途順利。他關心時政，同情並參與維新變法，與戊戌六君子之一的劉光第、詩界革命旗手黃遵憲為至交。辛亥革命後，他以遺老自居，於感物抒懷中寄託著對清室的眷念。所以，在他的《彊村語業》中，關心國家命運、寄託愛國情思，就是一個重要的主題。如〈鷓鴣天·庚子歲除〉，寫於庚子事變那一年（一九〇〇年）的除夕之夜，詞人以「燭花紅換人間世，山色青回夢裡家」的傷感沉痛、含蓄深致之語，痛悼世運陵夷、京師慘遭列強蹂躪後的荒涼，在沉著蒼勁中表達出憤激之情。〈石州慢．用東山韻〉寫於八國聯軍入北京後的一年，詞人運用傳統的香草美人的比興手法，抒發了在危機時刻自己的主和主張不被採用的鬱悶，批評當局戰敗西逃，置江山社稷於不顧的無能，表現了直言諍諫的骨鯁之氣。這類詞作，洋溢著關心國事的愛國情懷。

朱祖謀曾置身於維新派的變革之中，與維新派同氣相求。故而在他的詞中，有許多同情、懷念維新志士的作品，如〈鷓鴣天．九日豐宜門外過裴村別業〉，悼念變法被殺的六君子之中的劉光第。光第字裴村，其別墅在北京南門外。作者重陽日途經其亡友舊宅，睹物思人，備感傷心，乃作此詞，抒發對友人的懷念，對舊黨恐怖政治的不滿，寓情於景，語淡情濃，物是人非之慨含而不露，蘊藉出之〈夜飛鵲．香港秋眺〉「懷公度」寫於作者出任廣東學政之後。詞人遊覽被割讓給英國後的香港，不禁懷念起因變法而遭去官的友人黃遵憲（字公度），面對「蠻煙蕩無霽」、離開祖國懷抱的香港，作者如歌如訴：

多少紅桑如拱，籌筆問何年，真割珠岸？不信秋江睡穩，掣鯨身手，終古徘徊。大旗落日，照千山、劫墨成灰。又西風鶴唳，驚笳夜引，百折濤來。

詞人寫滿目瘡痍的破碎山河，不相信公度這樣的濟世之才會被棄置不用，對國家圖強復興寄以期望。詞寫秋眺，兼以懷人，對維新志士的同情、希望，對國勢的憂慮，以含蓄委婉的筆致敘出，用典精當，頗似老杜。再如〈聲聲慢〉（辛丑十一月十九日，……），藉詠落葉哀悼珍妃。珍妃與光緒帝情投意合，支持光緒帝執政、支持戊戌變法，反對慈禧垂簾，八國聯軍入京時，被慈禧命人推入寧壽宮外大井中。詞的下闋寫道：

終古巢鸞無分，正飛霜金井，拋斷纏綿。起舞回風，才知恩怨無擔。天陰洞庭波闊，夜沉沉、流恨湘弦。搖落事，向空山、休問杜鵑。

詞意隱括了珍妃被推入井的悲劇命運，藉屈原、宋玉楚辭的辭意，寄託了對珍妃的哀悼、對光緒帝的憐惜，從而又寄託了對整個時代的悲哀。詠物詞最難工，而此詞藉秋日落葉，寫身世之感，君國之憂，興寄遙深。

辛亥革命後，朱祖謀以遺老自居，心灰意冷，不問政事，歸隱江海之間，致力於詞學研究。他思想消極頹廢，但仍心繫清室，因而也寫了大量懷念前清的詞作。甚至大量的寫景、詠物詞，也籠罩著這樣一種懷念前朝、回憶往事的情緒。如〈浪淘沙慢〉，把他與清王朝之間的難以割捨的情感聯繫，表現得淋漓盡致：「剪不斷，連環春緒疊，是當日，鸞帶親結。」「寧信長別，恨腸寸折。明鏡前，掇取中心如月。」其他如〈摸魚子〉（馬鞍山訪龍洲道人墓，……）、〈齊天樂〉（乙丑九日，……）、〈金縷曲〉等，都沉浸在對往事的憶念中。甚至在清亡之前，他辭官歸隱以後期間所寫的寫景、詠物詞中，也都表現出濃郁的懷舊情緒。這種往事如夢、物是人非、「持恨終古」的藉物抒懷之作，就是晚年朱祖謀心境、處境的真實寫照。

作為清末詞壇大家，朱祖謀主學宋詞，專攻吳文英，被認為是「獨得夢窗神髓的嫡派」，守律極嚴，而王國維認為「情味較夢窗反勝」。其詞委婉含蓄，但頗多艱澀，煉詞而傷氣。晚年詞風有所變化，取夢窗和東坡之長，將蘇軾豪放之氣融於沉郁綿邈之中，風格漸趨疏朗。葉恭綽稱其「集清季詞學之大成」。儘管他的詞有題材稍窄、詞旨隱晦、過講藻飾格律、呆滯單調等弱點，但無損於他在詞史上的重要地位。

況周頤與《蕙風詞話》

在晚清這一新舊社會交替的前夜，混亂、變化、創新這些亂世的特徵，在文學領域中表現得最為充分。作為傳統文學體式之一的詞，既不同於古文的式微，也不同於古詩在守舊與創新之間的艱難突圍，而是勃而復興，大放異彩，出現了一個與舊時代氣運日衰這一不可逆轉的頹勢相異的「詞學中興」局面。其代表就是號稱「清末四大詞人」的王鵬運、朱孝臧、鄭文焯、況周頤。此四人承常州詞派詞學之餘緒，分別以詞的創作實踐或詞學理論方面的巨大實績，對抗浙派詞人標舉南宋，推尊姜（夔）、張（炎），追求清空淳雅，專求聲律的頹風，同時又突破了常州派的局限而自成一家，成為晚清詞壇盟主，堪稱結千年詞史之局的詞學集大成者。其中，況周頤以一個詩人的創作體驗為依據，對詞學理論進行概括、總結，身兼詩人和理論家之二任，別有會心，成為近代繼承、發展常州派詞學的最後一個理論家。

況周頤（一八五九—一九二六年），原名周儀，因避宣統皇帝溥儀之諱而改名周頤，字夔笙，號玉梅詞人，晚年號蕙風詞隱。原籍湖南寶慶，其祖上遷居臨桂（今廣西桂林市），遂為臨桂人。生於咸豐九年（一八五九年）九月初一日。少時聰慧多識，九歲時即補為博士弟子員。有一天，周頤去看望出嫁的姐姐，偶然在姐姐家得到一部《蓼園詞選》，便帶回家吟誦把玩，頗多體會，於是將這本詞選當做自己學詞的老師，模仿著試作小詞，竟然也空靈輕快，理趣、意境均有滋有味，遂立下學詞的雄心。十八歲時，參加光緒五年（一八七九年）鄉試，一舉得中，成為年輕的舉人。光緒十四年（一八八八年）入京應禮部試，不中，按例被授內閣中書之職，有幸與已先為內閣中書的同鄉大詞人王鵬運為同僚，和王氏切磋詞學，互相砥礪長達五年之久，由是得窺詞學門徑。在此期間還治金石之學，羅致碑板萬餘本。光緒二十一年（一八九五年）以會典館纂修，敘勞用知府，分發浙江。繼而被兩江總督張之洞、端方先後羅致入幕。後至大通榷運局掌榷運。辛亥革命後，寓居上海，懷念清室，以遺老自居，而生活日艱，時有無米斷炊之虞，常以鬻字賣文度日。一九二六年七月十八日卒於上海寓所，終年六十八歲。卒後葬於湖州道場山麓。況周頤仕途雖不順達，但推尊清室的正統保守觀念卻很頑固。清朝滅亡後，他寫下了大量懷念清室的詞作，表現出濃重的遺民情結。不過，況周頤崇古不阿，崇古不滯，雖然他被馮煦戲稱為「況古人」，但他那種頑固、守舊的政治立場和社會觀念，也只是有限地妨礙了他在詞學創作與研究領域的發展與創新。

況周頤畢生致力於詞學創作和研究。他的詞作，總體上屬於常州派一路，有詞九種，包括《新鶯詞》、《玉梅詞》、《錦錢詞》、《蕙風詞》、《菱景詞》、《二雲詞》、《餐櫻詞》、《菊夢詞》、《存悔詞》各一卷，合集為《第一生梅花館詞》，晚年親自刪定為《蕙風詞》二卷。他在《餐櫻詞自序》中曾談到自己詞作的三個階段，倒頗合實情。入京之前為第一階段，所作「多性靈語，而光豔之譏在所不免」。此時之作，實為學習前人、鍛鍊詞藝之習作。入京之後為第二階段，因受王鵬運詞學理論影響，倡「重、拙、大」之旨，「體格為之一變」。清亡後移居上海，直至去世為第三階段。因與朱祖謀過從甚密，受其格律精嚴的影響，詞作更臻精工。概而言之，況周頤詞作早期大多抒發個人的情懷思致；甲午戰爭以後，詞作增添了感時傷世，憂國憐己的內容，感慨遂深；清亡後，大多抒寫對清室的眷念，為自己和那個逝去的舊時代哀唱輓歌。以風格而論，況氏詞作嚴於格律而又流轉自然，較少雕琢之跡。小令彷彿晏幾道，長調則學姜夔、史達祖。近人龍榆生謂其詞「似多偏於淒豔一路，而少蒼涼激壯之音」（《清季四大詞人》），乃為知音之論。

在晚清四大詞人中，況周頤特擅詞學批評，其詞學理論方面的成就，比他的詞作更有影響。他的詞學批評觀點，集中體現在他晚年撰寫的《蕙風詞話》五卷中。全書按時代順序，歷論諸家詞。第一卷主要闡述詞的基本理論和技法，首倡「重、拙、大」的基本審詞標準；第二卷論晚唐五代宋詞；第三卷論金元詞；第四卷為考證、談叢類；第五卷論明詞、清初詞。而貫穿全書的理論核心在於意境說。

從詞學理論發展來看，況氏論詞，基本觀點是承常州派之餘緒，並加以推衍、發展和深化。他指出：

> 詞之為道，智者之事。酌劑乎陰陽，陶寫乎性情，自有元音，上通雅樂，別黑白而定一尊，亙古今而不敝矣。唐宋以還，大雅鴻達，篤好而專精之，謂之詞學。獨造之詣，非有所附麗、若為駢枝也。曲士以詩餘名詞，豈通論哉！
>
> ——《蕙風詞話》卷一

如果說常州派把詞提到文學正宗地位，但還有條件：「詞為詩之餘，非徒詩之餘，而樂府之餘也」；況氏則首次肯定了詞是「亙古今而不敝」的獨立存在與發展的一種詩歌形式。這是其貢獻所在。由此出發，況氏對常州派「詞貴有寄託」的傳統觀點加以修正，批評其以寄託為門面語，指出：「身世之感，通於性靈，即性靈，即寄託，非二物相比附也。」這對詞的創作規律的認識，又深入了一步。

總的來說，況氏在總結詞的藝術規律時，有兩方面的觀點頗有創意，在今日仍不乏啟示意義。其一，標舉「詞境」、「詞心」、「詞骨」之說：

填詞要天資，要學力，平日之閱歷，目前之境界亦與有關係。無詞境即無詞心。矯揉而強為之，非合作也。境之窮達，天也，無可如何者也。

吾聽風雨，吾覽江山，常覺風雨江山之外，有萬不得已者在。此萬不得已者，即詞心也。而能以吾言寫吾心，即吾詞也。此萬不得已者，由吾以醞釀而出……

真字是詞骨。情真、景真，所作必佳，且易脫稿。

——《蕙風詞話》卷一

況氏在這裡，比較準確地描繪了詞的創作過程，並抽象出了達到較高藝術境界的過程。

所謂「詞境」，即指人的客觀環境（包括自然和社會兩部分，即「風雨江山」和「閱歷、窮達」）。而所謂「詞心」，就是在客觀環境的感觸下而生出的「萬不得已」的感情，以及非要把這種情感表達（寫）出來不可的強烈的創作衝動。它是由「吾心醞釀而出」，故而「真」，此「詞之真」即「詞之骨」，此「情真」、「景真」由「吾言」寫出，即「吾詞」，最後達到況氏所稱的「意境」。這是個由表及里、由直觀而抽象再到形象的過程，即由詞境而詞心而詞骨而意境。應該說，這是符合詩歌創作的過程的。

其二，首倡「重、拙、大」的作詞三要素，而「意境」才是詞學的「正法眼藏」：

作詞有三要：曰重、拙、大。

——《蕙風詞話》卷一

詞境以深靜為至。

——《蕙風詞話》卷二

詞有穆之一境，靜而兼厚、重、大也。淡而穆不易，濃而穆更難。

——《蕙風詞話》卷二

唐張祜〈贈內人〉詩……填詞以厚為要旨，此（指張詩）則小中見厚也。

——《蕙風詞話》卷三

況氏的「意境」，是形容詞中創造出的情景交融的藝術境界，而重、拙、大，深厚靜穆，就是要求以渾厚溫雅的形象，表現出深沉細緻的感情。且重、拙、大是對初學者而言的，而作詞的最高境界，就是創造出深厚靜穆的「意境」。在這裡，況氏弘揚了古典美學對靜美的愛好。而其穆境又分為淡穆、濃穆，前者乃姜夔一派，後者乃吳文英一派，實際表現出況氏融合姜吳、浙常兩派的總結性傾向。由此可以看出，況周頤確實是常州派理論的集大成者。

康有為的《大同書》

《大同書》是康有為重要的著作之一，此書從初稿寫定到全部出版，前後經歷了整整五十年，可以說是包容了康有為一生的思想發展史。

《大同書》的初稿——《人類公理》構思於一八八四年，一八八七年撰成，充分體現了康有為早期的大同思想。此後，經過不斷充實和發展，到戊戌變法前，「三世」系統基本上形成了。康有為以此解釋社會的發展變化，將人類社會進化過程分為「據亂世」、「昇平世」、「太平世」三個階段，認為中國的封建專制制度相當於昇平世，人人平等的民主制度就是太平大同之世。「亂世」的中國要經過「公議立憲」才能符合世界潮流，進入「昇平」，至於「太平」（大同）還是很遙遠的事。《人類公理》的醞釀和撰述象徵著一個封建知識分子走向資產階級改良派的歷程，而《人類公理》也就成為中國人向西方尋找真理的較早的一部著作。

戊戌政變後，康有為逃亡到了海外，一路遊歷，於一九〇一至一九〇二年避居印度時寫成了《大同書》的定稿。此時他的「大同三世」說仍根植於「循序漸進」的基礎上，儘管把大同世界塗飾得更加美奐堂皇，但已不適應時代的飛速發展了。

一九一三年因母喪回國，並在上海創辦了《不忍》雜誌，在該刊發表了《大同書》的甲乙兩部。而大同書全部問世，已是康有為死後一九三五年的事了。《大同書》初稿時康有為還是一個向西方追求真理的先進人物，但是，《大同書》出版時，康有為便已「永定為復辟的祖師」了。

康有為在《大同書》裡，是這樣詳盡地描繪他的大同世界的烏託邦的：

大同世界的生產力高度發達，「一人作工之日力，僅三四時或一二時而已足，自此外皆遊樂讀書之時矣」。物質生活幾乎達到了隨心所欲的境界，人們都過著極富裕的生活，住的都是公所與大旅舍。「旅舍之大，有百千萬之室。」最起碼的房子，也是「珠璣金碧，光采陸離」。至於最高級，還有可以周遊世界的行室。這些房屋中的設備之完美，那更不用說了：「夏時皆置機器，激水生風……冬時皆通熱電……暖氣襲人」，「其四壁及天蓋地板……以怡神魂而暢心靈焉」。

至於社會生活，大同世界的一切財產都已歸公有。「舉天下之田地皆為公有」，工商業普及，剝削關係已經消失了。康有為又對一個人在大同社會裡的整個一生生活作了「計劃」：婦女懷了孕，就進入本院。小孩出世後，可進育嬰院，及其稍長大就進小學院，繼而中學院，大學院。大學畢業後，就參加工作。其才德不合格，無職業者，就進了恤貧院。有疾病者，可進醫疾院。年過六十，就進養老院，死後，就進考終院（殯儀館）。一切公益事業及生老病死「皆公政府治之」。「人人勞動」，人們的文化道德修養、社會風氣都達到「至平、至公、至仁治之主」的境界。這就如同〈禮運〉篇所講：「人不獨親其親，不獨子其子，使老有所終，壯有所用，幼有所長，鰥寡孤獨廢疾者皆有所養。」一個多麼美妙的社會！

至於政治生活，康有為是這樣描述的：大同世界不僅沒有私產，沒有家庭，並且也沒有國家。國家的政治機關、軍隊、監獄等早已廢除，因此也就沒有戰爭，沒有刑罰，政府只是一個管理經濟和文化事業的機構，不再是一個強制壓迫的暴力機器了。

以上就是康有為大同世界的基本框架。我們今天應該怎樣看待《大同書》和它的思想性呢？

首先，我們應該明白，《大同書》漫長的成稿時間，反映了康有為思想體系的演化過程，是康有為民主啟蒙思想和政治改良思想的統一。當《人類公理》醞釀之時，康有為已在飽讀中國傳統文化的基礎上接觸和學習了西方的先進知識文化，面對國家危亡和社會的種種不平，又受西方資本主義君主立憲政體的影響，康有為開始在腦海中形成一種自認為合理、公平的社會。所謂「合理」，實際上就是平等，也就是追求一種資本主義人人平等的社會。他此時形成的這一樸素的世界觀，正反映了他憂國憂民的愛國主義精神。而到了一九〇二年《大同書》成稿之時，正值革命形勢發展，君主立憲制已不得人心，時代的飛速發展使他的思想體系漸漸滯後過時了。

其次，康有為大同思想的來源，一方面是吸收了西方資本主義國家的社會政治學說和自然科學知識，另一方面是吸收了中國儒家今文學派公羊學的學說。整體可以概括為「仁道主義」，這是歐洲產品——「人道主義」的另一種形態，既有自由平等博愛的西方色彩，又包含著中國傳統的人本主義思想。但是產生這些學說的西方社會條件和中國古代條件，卻沒有與那些學說一同被康有為吸收過來。這些學說失去了它的社會基礎，再不像其本來面目，而被融化在康有為的哲學體系中了。

《大同書》詳細描寫了人世間的種種苦難，揭露了現實生活中的種種黑暗和不合理，宣傳了大同思想，幻想建立一個不分國家、種族、等級、產業，大家都平等的自由的社會。它表達了苦難的中國人民對幸福生活的渴望和對自由民主的追求，具有現實的社會基礎。大同思想是在帝國主義加緊入侵、中華民族危機日益嚴重的情況下逐漸形成的。康有為的政治改革在書中有所體現，代表了一部分開明地主和資產階級的利益，適應了時代的要求。康有為提出「三世」學說，說明「人道之進化，必須通過改制變法」，始能達到「大同」的一日，而這種漸入大同之域的方法，正是實現君主立憲制。可見「大同」學說的實質，是為資產階級改良派提供一種新的思想武器。它的現實意義在於，把資產階級改良派所要爭取的政治改革和遠大的政治理想連接在一起，為其變法維新的政治目的服務。而這個誘人的藍圖的提出，增加了人民對封建社會的痛恨情結，刺激誘導了他們對未來資本主義社會的企望與追求，客觀上所起的作用主要在於啟發群眾的民主意識。

毛澤東曾指出：「康有為寫了《大同書》，但沒有也不可能找到一條到達大同的路。」《大同書》只代表了一部分開明地主和一部分資產階級的利益，對社會的發展沒有建立完整的科學論證體系。但它畢竟是康有為畢生精心設計的理想社會的藍圖，是近代思想史上反封建的一座豐碑。

譚嗣同與六君子就義

提起他的英名，多少人都會爲之怦然心動，熱血沸騰。他在人們的心目中，是那場世人矚目的戊戌變法運動中最具英雄豪氣的人物，是卓立的思想者、革新者和著名的文學家。

譚嗣同（一八六五—一八九八年），字復生，號壯飛，湖南瀏陽人。從瀏陽河畔走來的這位近代的英傑，不，準確地說是從艱難時世中成長起來的這位近代的英傑，也有一個不同尋常的少年時代。並由此生成了他特有的志趣和審美的愛好，對他後來的人生追求和藝術追求，產生了很大的影響。

譚嗣同出生於一個典型的官僚家庭。其父譚繼洵是位很會做官的人，既做過京官，也做過地方官，政績雖不突出，但官運還算亨通，歷任戶部員外郎、甘肅省鞏秦階道和湖北巡撫等，堪稱封建王朝的大員。這樣的父親自然很懂得科舉求仕的重要，雖然不見得怎樣疼愛自己的這個小兒子，抑或受愛妾及續弦的挑唆對嗣同還頗冷漠，但對兒子的學習還是抓得很緊的。嗣同自小聰明異常，「五歲受書，即審四聲，能屬對」。他與二哥嗣襄一起師從畢純齋讀當時流行的啟蒙書籍，如《三字經》、《五字鑑》、《四書》等。這種兄弟怡怡的共讀生活，給嗣同留下了非常美好的記憶。

嗣同生母徐五緣，「性惠而肅」，常「正襟危坐，略不傾倚，終日不一言笑」。嗣同在〈先妣徐夫人遺事狀〉中寫下的這種印象，一方面固然表明其母是「性惠而肅」的端淑賢良的傳統婦女，另一方面也生動地表現出了其母的精神抑鬱的情狀。「終日不一言笑」的母親生活得多麼沉重啊！她作為譚家之妻，勤儉持家，相夫教子，操勞不息，「衣裙儉陋，補綻重複」，「紡車軋軋，夜徹於外」（〈先妣徐夫人遺事狀〉），這顯然近乎是譚家的女僕了。嗣同之父做官後便討了個小老婆陸氏，寵愛有加，遂有妻妾不和、糾紛頻生的愁雲慘霧，籠罩著譚家。不過，嗣同母親對孩子卻是竭力愛護的，尤其是對小兒子嗣同，更是關愛有加，母子之情極為深厚。不幸的是，在嗣同十二歲的時候，其母便因傳染了白喉症而病逝，大哥嗣貽、二姐嗣淑也因此病去世。嗣同也傳染了此病，卻在昏死三日之後又奇蹟般地復活了。其父遂名之為「復生」。母死之後，失去母愛的嗣同更遭繼母的虐待，屢有生命之厄，但他總算堅強地活了下來。痛苦的生命體驗反而使嗣同形成了一種生命的達觀，增進了他對「綱倫」的認識和獻身於正義事業的精神。苦難成了嗣同的精神財富。

嗣同少多不幸，卻仍堅持讀書學習，在母親去世後更加勤奮。但他不愛研讀八股時文，父親愈是逼著他學習時文製藝，他愈是反感，愈是去讀那些封建士大夫們詆為「異端」的各種雜書。他還去結交「義俠」大刀王五，學武弄劍，在性情上也受到了王五的影響，豪爽之中更增添了敢作敢為、視死如歸的性格因素。他十四歲時，隨父來到甘肅蘭州，在道署中繼續讀書，喜愛上了桐城派的文章，不久又熱愛上了詩歌，甚至在夢中也在吟詩賦詩，如癡如醉，詩藝大進。十五歲時已顯示出了創作詩歌的才華，寫出了〈送別仲兄泗生赴春隴省父〉（五首）等詩作，能吟出「頻將雙淚溪邊灑，流到長江載遠征」；「羨煞洞庭連漢水，布帆斜掛落花風」；「楚樹邊雲四千里，夢魂飛不到秦州」之類的佳句了。嗣同的父親擔心兒子迷戀詩歌，疏於八股，遂命他返湖南瀏陽，請瀏陽的著名學者涂啟先教嗣同讀書。嗣同跟涂啟先讀了兩年多的書，拓寬了學術視野，除儒家經典之外，還在史學、文字、訓詁諸方面均有涉獵，並受涂先生影響，對乾嘉考證方法也給予了重視。然而終因長期未能專心於時文製藝，結果在十八歲參加湖南的科舉考試時便名落孫山。

不迷於科舉的嗣同，依然是少年胸懷大志，將張載的「為天地立心，為生民立命」之類的人生格言牢牢地記在心裡。他在十八歲時曾寫下〈述懷詩〉一首，表達了自己的鴻鵠之志。詩云：

黃鵠翥雲漢，白鶴鳴九皋。
嗟彼燕雀群，安能測其高！
息翼荊莽中，剝落傷羽毛。
一枝亦可藉，幾疑同鷦鷯。
瀏瀏飄天風，雲路將翔翱。
高飛語眾鳥，飲啄非吾曹。

少年時節的苦難、不幸，磨鍊了嗣同的意志；少年時節的讀書、學習，增進了他的學識，培養了他對詩歌的愛好。他後來的成就，與少年的經歷是分不開的。

光緒二十四年農曆八月十三日，即公元一八九八年九月二八日，是百日維新運動以來最悲壯也最難令人忘記的一天。

這一天，是戊戌六君子慷慨就義的日子。被當做刑場的菜市口廣場陰森森的，佈滿了崗哨，囚車中押著譚嗣同、林旭、楊銳、劉光第、楊深秀和康廣仁。這六人皆是積極參與百日維新運動的維新志士，他們在腐惡的守舊勢力面前未能找到取勝的途徑，他們將為此獻出一腔熱血，用生命譜寫出不朽的詩歌。

在行刑前，有一皂役遞給譚嗣同一支毛筆，要他在判決書上畫押。譚嗣同不去畫押，卻用毛筆寫下了他最後的絕命詞：

有心殺賊，無力回天。
死得其所，快哉快哉！

這也是譚嗣同在生命即將終結之時傾其全部心血寫下的一首詩。它高度概括地表述了他的追求，他的無奈，他的生死觀，他的獨特感受，令人讀來，驚心動魄而又百感交集。他在少年時代就習文習武，既追求思想的更新，也追求力量的強大。他是維新派中最「有心殺賊」的人物，初見光緒皇帝，就提出要建立一支屬於新派的軍隊；在危難時刻，他仍置生死於度外，夜訪袁世凱，力圖動員一切力量，救護皇上，殺死老朽的西太后。但是他的計劃落空了，他真正體味到了中國封建社會的黑暗無道，真正體味到了手無兵權「無力回天」的無奈悲涼。然而，他又清醒地認識到：「各國變法，無不從流血而成，今我中國未聞有因變法而流血者，此國之所以不昌也。有之請自嗣同始！」所以他抱定了視死如歸的決心，即使能夠輕易地逃走，他也要直面死亡，因為他認定為變法而死是值得的，「死得其所，快哉快哉！」由此淋漓盡致地展示了他那獻身於變法事業的大無畏的英雄風采，充分表現了他以身許國、慷慨赴難的愛國熱忱和犧牲精神。

以崇高的生命刻就的詩行，儘管寫得有些粗疏、歪斜，那也是閃光的不朽的詩行！譚嗣同在獄中亦寫有一首題在壁上的詩，詩為七絕，云：

望門投止思張儉，忍死須臾待杜根。
我自橫刀向天笑，去留肝膽兩崑崙。

詩中的後二句尤其為世人所廣為傳誦，是能夠充分體現譚嗣同崇高精神境界的佳句。「我自橫刀向天笑，去留肝膽兩崑崙。」可謂是面對死神流露出來的最為瀟灑的神態了。譚嗣同用整個的英雄生命，將此種笑對死亡的凜然正氣和瀟灑神態詩化了，鍛造出了如此奇偉酣暢的詩句！詩中的「兩崑崙」究竟何所指，向來爭議很多，有的人認為是指康有為和大刀王五，有的人認為是指康有為和譚嗣同自己，有的人認為是指康有為和唐才常，有的人認為是指大刀王五和通臂猿胡七，有的人認為是指譚的兩位僕人胡理臣和羅昇。而筆者卻認為「兩崑崙」是喻指「兩種崇高」，即「去也崇高」，「留也崇高」，都是繼續鬥爭的需要。在此似不必將「兩崑崙」做實為具體的人。「昆侖」的雄奇偉大體現為一種崇高的美，這是維新志士們追求的。危難之際，「張儉」和「杜根」的設法保全性命是必要的，「橫刀向天笑」的視死如歸也是必要的，兩者皆為肝膽照人的行為選擇，都具有崇高的意味。這樣來理解這首〈獄中題壁〉，其意蘊是渾然統一的，不至於將詩意肢解成莫衷一是的紛紜雜說。即或如臺灣學者指出的那樣，此詩乃為梁啟超所偽作，那也是真正體察了彼時彼境的譚氏心理的精當之作。何況，梁啟超是和康有為等人一樣的流亡者，他對流亡者的「去」和「橫刀向天笑」者的「留」，並不會褒彼貶此或貶彼褒此的。

事實上，譚嗣同等「戊戌六君子」的確死得其所，用鮮血用生命寫成了不朽的詩篇，警示世人怎樣去不斷地革故鼎新，方能保持社會前進的活力。他們的生命似乎被扼殺了，但他們的精神生命仍存活於天地之間。

「六君子之冠冕」劉光第

戊戌變法以譚嗣同、林旭、楊銳、劉光第、楊深秀、康廣仁血灑北京菜市口而悲劇性地結束。但「戊戌六君子」已不僅僅是中國近代史上的一個歷史名詞，它已成為引導無數仁人志士追求民主、自由、進步理念的永不熄滅的薪火。「六君子」不僅是晚清時期偉大的思想啟蒙先驅、政治改革的第一個吃螃蟹者，而且也都是才華橫溢的詩人。其中，詩歌數量最多、創作成就最高的，就是被後世稱為「六君子之冠冕」的劉光第。

劉光第（一八五九—一八九八年），字裴村，四川富順人。少時聰慧過人，慷慨有節氣。光緒八年（一八八二年）舉人，九年（一八八三年）二十四歲時中進士。他少年得志，名滿京華，很快即被授刑部主事之職。但因為官耿介、頂撞上司而於次年去職。光緒二十四年（一八九八年）春天，加入由康有為發起組織的主張救亡圖存的維新派組織保國會。七月，由唯一在地方上支持維新主張的湖南巡撫陳寶琛引薦，受到光緒帝召見，被授以四品卿銜，參與新政，與楊銳、譚嗣同、林旭時稱「軍機四章京」。八月，慈禧發動政變，軟禁光緒，劉光第與譚嗣同等六人被慘殺於北京菜市口，時稱「戊戌六君子」。

在「六君子」中，劉光第性格沉穩敦厚，思想傾向也較為平和，為人講究氣節，仗義執言，口碑很高。當湖南頑固派曾廉上書攻擊康有為等維新派是「名教罪人」、「奸黨」，維新思想是「異端」、「邪說」，王先謙等頑固士紳攻擊梁啟超、譚嗣同等人使時務學堂學生「不復知忠孝節義為何事」而當殺頭時，劉光第和譚嗣同逐條批駁，他並與譚嗣同以「先坐罪」力保康、梁無辜，表現出不怕犧牲的勇氣和膽識。劉光第不僅人品高尚，而且博學多才，能詩善文，精通書法。做詩取法阮籍、李白、杜甫、韓愈，書法學顏真卿，得其渾厚溫潤。著有《介白堂詩集》。中華書局新輯的《劉光第集》，收文五十五篇，信札六十三函，詩六百七十八首。

生於天府之國的劉光第，好遊名山大川，足跡踏遍半個中國。家鄉山水的靈氣滋潤著少年光第的心靈，造化著他的詩才。因此，他的詩作中大半為山水風光之作，僅描寫峨眉秀色的詩就有五十多首。這一部分也最為出色，名篇疊出。如被後人普遍讚譽的〈峨眉山頂見月〉：

新月峨眉埽碧天，峨眉山影門嬋娟。
山藏蜀國逃封禪，月逐滄洲照謫仙。
遊客自生千古思，老僧留待一輪圓。
未知畢世當來幾，今夜杉西坐看年。

歷代詠峨眉山月的詩很多，尤以李白〈峨眉山月歌〉最為有名。李白寫乘舟順流時水、天之間的半圓之月，是流動的景；劉詩寫登峨眉山頂所見的細如美女蛾眉的新月，是寂寥夜空中的纖月，是極靜之景，並由此引發出奇思妙想。尤其峨眉一詞，語音雖重複，辭義卻相異，雙關之妙，難以比擬。這一類的好詩還有很多，如七律〈望峨眉山〉、〈清音閣〉、〈大小雲壑〉、〈大坪〉、〈雷洞坪〉、〈華嚴頂〉、〈峨眉最高頂〉。這些或遠觀，或近遊，或登臨，角度不同，感受亦異，但均隨物賦形，即題巧構，確有身臨其境之效。作為七律，又將眼前實景與神話傳說和奇妙想像結合起來，令人目不暇給，心馳神往。至於五言〈清音閣〉、〈雙飛橋〉、〈獨臨寶見深危石上小坐〉、〈大坪〉、〈雷洞坪〉等詩，古拙、工整、清麗、峭拔，把景觀與相關的傳說、佛理融為一體，景中有趣，景中有理。

和許多啟蒙、維新派詩人一樣，劉光第也通過不少詩歌來表達自己的政治主張以及對時局的關切、國勢的憂慮。如〈夢中〉詩：

夢中失叫驚妻子，橫海樓船戰廣州。
五色花旗猶照眼，一燈紅穗正垂頭。
宗臣有說持邊釁，寒女何心泣國仇？
自笑書生最迂闊，壯心飛到海南陬。

此詩寫於光緒十一年（一八八五年）中法戰爭之後，詩人夢中抗擊侵略法軍，失聲驚叫，吵醒妻子。詩歌感情深沉，語含譏諷，表現了憂國憂民效命疆場的情懷。樂府體諷喻詩〈城南行〉揭露權貴的專橫恣肆。〈美酒行〉通過鮮明對比，將統治者的荒淫揮霍與勞苦百姓餓殍遍地的社會黑暗與不公暴露了出來。其他寫時事的，還有〈雜詩二十首〉揭露慈禧弄權，〈屯海戍〉批評政府軟弱的外交政策。這些詩歌，正如錢仲聯所稱讚的：「劉裴村刺時之作，大聲疾呼；讀之令人心驚骨折。」（《夢苕庵詩話》）

劉光第的詩文，頗受後人好評。汪闢疆稱其「詩多奇氣，縋幽鑿險，開徑獨行，各體皆高。……讀《介白堂集》，恍若遊名山大川矣」（《汪闢疆文集》）。劉曾自云：「詩文必無一贗語，斯不愧著作。」故其詩歌崇尚真情實感，藝術上取法杜少陵，慷慨有奇氣，蒼勁真篤，在六君子之中誠為上品。

讀故事·學文學

中國近代文學故事 上冊

編　　著　范中華
版權策劃　李　鋒

發行人　陳滿銘
總經理　梁錦興
總編輯　陳滿銘
副總編輯　張晏瑞
編輯所　萬卷樓圖書(股)公司
排　　版　鄭　薇
封面設計　鄭　薇
印　　刷　百通科技(股)公司

出　　版　昌明文化有限公司
桃園市龜山區中原街 32 號
電話　(02)23216565
發　　行　萬卷樓圖書(股)公司
臺北市羅斯福路二段 41 號 6 樓之 3
電話　(02)23216565
傳真　(02)23218698
電郵　SERVICE@WANJUAN.COM.TW
大陸經銷
廈門外圖臺灣書店有限公司
電郵　JKB188@188.COM

ISBN 978-986-93170-6-1
2016 年 6 月初版一刷
定價：新臺幣 250 元

如何購買本書：
1. 劃撥購書，請透過以下帳號
   帳號：15624015
   戶名：萬卷樓圖書股份有限公司
2. 轉帳購書，請透過以下帳戶
   合作金庫銀行古亭分行
   戶名：萬卷樓圖書股份有限公司
   帳號：0877717092596
3. 網路購書，請透過萬卷樓網站
   網址　WWW.WANJUAN.COM.TW

大量購書，請直接聯繫，將有專人為您服務。(02)23216565　分機 10

如有缺頁、破損或裝訂錯誤，請寄回更換

國家圖書館出版品預行編目資料

中國近代文學故事 / 范中華編著. -- 初版. -- 桃園市 ： 昌明文化出版 ； 臺北市 ： 萬卷樓發行, 2016.06
冊 ；　公分. -- (讀故事.學文學)
ISBN 978-986-93170-6-1(上冊 ： 平裝).
857.63　　105010085